Le pacte d’un Sicilien

LOUISE FULLER

Le pacte d'un Sicilien

AZUR

HARLEQUIN

Collection : Azur

Titre original :
THE TERMS OF THE SICILIAN'S MARRIAGE

HARPERCOLLINS FRANCE
83-85, boulevard Vincent-Auriol, 75646 PARIS CEDEX 13
Service Lectrices — Tél. : 01 45 82 47 47 - www.harlequin.fr
ISBN 978-2-2804-5447-6 — ISSN 0993-4448

Composé et édité par HarperCollins France. Achevé d'imprimer en avril 2021.
par CPI Black Print - Barcelone - Espagne
Dépôt légal : mai 2021.

FSC www.fsc.org MIXTE Papier issu de sources responsables FSC® C159065

Pour limiter l'empreinte environnementale de ses livres, HarperCollins France s'engage à n'utiliser que du papier fabriqué à partir de bois provenant de forêts gérées durablement et de manière responsable.

Prologue

Le bar commençait à se vider.

À deux tables de là, une jolie blonde assise avec une amie adressa une œillade à Vicenzu Trapani. Son sourire aguicheur laissait espérer une nuit de plaisir facile et sans complication, peut-être davantage.

En d'autres circonstances, Vicenzu aurait répondu. Mais il n'était pas d'humeur à s'amuser.

Levant son verre, il s'absorba dans la contemplation du liquide ambré. Généralement, il ne buvait pas de bourbon, surtout en Sicile, mais Ciro avait passé commande sans le consulter.

Ils avaient poussé la porte du bar en sortant de chez Vito Neglia, leur notaire et vieil ami de la famille, qui représentait leur dernier espoir.

Vito leur avait malheureusement confirmé ce qu'ils savaient déjà.

Il n'y avait aucune faille, ni échappatoire. Cesare Buscetta avait agi en toute légalité. Il était désormais le nouveau propriétaire de la Trapani Olive Oil Company ainsi que du magnifique domaine où Vicenzu et Ciro avaient vécu une enfance idyllique.

Les doigts de Vicenzu se crispèrent sur son verre. Il ne serait plus jamais *chez lui* dans cette maison qu'il chérissait. Il se remémora le visage baigné de larmes de sa mère lorsqu'il avait remis les clés à l'agent immobilier. Il ne se pardonnerait jamais de lui avoir causé un tel chagrin.

— Il faut absolument arranger cela.

La voix de Ciro interrompit le cours de ses pensées. Relevant la tête, il croisa le regard vert et déterminé de son frère, si semblable à celui de leur père… Brillant, rigoureux, méthodique, il aurait repris et géré l'entreprise les yeux fermés si leur père avait été plus circonspect. Mais Alessandro Trapani avait sans doute manqué de mordant et d'agressivité, et la situation avait tourné à leur désavantage.

Vicenzu acquiesça muettement.

— Nous devons tout récupérer. Entièrement.

Ciro parlait calmement, mais sur un ton implacable. Il avait raison, bien sûr. Cesare Buscetta était non seulement un voleur, mais une brute et un voyou. Malgré tout, il ne fallait pas agir précipitamment. Il était trop tôt. Ils étaient encore sous le coup…

La vengeance est un plat qui se mange froid. Vicenzu avait essayé d'expliquer cela à Ciro, mais ce dernier, impulsif et impatient, ne voulait rien entendre. D'ailleurs, il avait déjà ourdi son plan et tout expliqué dans les détails.

— Vicenzu ?

Il ferma un instant les paupières. Si seulement il avait pu remonter le temps… Rendre à son père l'argent qu'il lui avait emprunté. Être un fils modèle.

Il rouvrit les yeux. Les regrets ne répareraient pas les torts causés à sa famille. Il s'éclaircit la gorge.

— Oui, je sais ce que j'ai à faire et je m'exécuterai.

Un poids pesait sur sa poitrine. En théorie, cela paraissait pourtant très simple. Il suffisait de séduire une femme.

Seulement, il ne s'agissait pas de n'importe qui, mais d'Immacolata Buscetta. La fille de l'individu qui avait harcelé son père jusqu'à la mort et spolié son adorable mère de son mari et de sa maison.

Il n'avait pas de scrupules à avoir. La fille aînée de Cesare était aussi glaciale qu'elle était belle. Elle paierait pour les fautes commises par son père.

Une rage sourde s'empara de Vicenzu. Oui, il ferait sa conquête et l'épouserait, pour la dépouiller ensuite et reprendre ce qui appartenait de droit à sa famille. Elle ne découvrirait qu'alors les raisons de leur mariage.

Ciro leva son verre.

— À la vengeance.

— À la vengeance, répéta Vicenzu.

Pour la première fois depuis la mort de leur père, il se sentit vivant.

1.

— Comme elle est belle !

Immacolata Buscetta acquiesça avec un mélange d'affection et de tristesse en considérant sa sœur cadette vêtue de la traditionnelle robe blanche.

— Oui, murmura-t-elle à sa voisine.

Claudia avait l'air béate, radieuse et transfigurée.

Le jeune marié, Ciro Trapani, était en train de saluer les heureux élus triés sur le volet qui avaient assisté à la cérémonie. Les autres invités, une centaine, étaient arrivés un peu plus tard pour la réception organisée dans le parc ensoleillé de la vaste demeure sicilienne.

Claudia avait toutes les raisons d'être heureuse. Elle venait d'épouser un homme qui lui avait déclaré sa flamme tel un chevalier de conte de fées, et avait victorieusement assiégé leur père pour lui arracher son consentement.

Imma tressaillit à la vue de celui qui se tenait à côté d'eux.

Le frère de Ciro, Vicenzu Trapani, était le propriétaire de l'hôtel légendaire La Dolce Vita, à Portofino. Têtes couronnées, romanciers en mal d'inspiration, divas, rock stars et autres célébrités du monde du spectacle y séjournaient régulièrement.

La réputation de play-boy et d'épicurien de Vicenzu s'étendait bien au-delà de la Riviera italienne. Le cœur d'Imma se mit à battre la chamade. Son visage d'apollon l'aimantait comme la flamme d'une bougie attire un papillon de nuit qui s'y brûle les ailes.

Légèrement à l'écart, à demi dissimulé sous la canopée de verdure fleurie, il semblait néanmoins occuper le premier plan.

Avec ses cheveux d'un noir de jais, sa bouche sensuelle et son profil d'une pureté parfaite, il contrastait avec les autres hommes d'affaires italiens accompagnés de leurs épouses. Il les dépassait tous d'une tête, et paraissait frais et dispos dans sa chemise blanche immaculée, alors qu'ils transpiraient au soleil.

Il croisa tout à coup son regard. Sans lui laisser le temps de se détourner, il s'approcha nonchalamment.

— Immacolata… Vous n'êtes pas très fair-play avec moi, observa-t-il d'un ton désapprobateur.

— Pardon ? lança-t-elle avec une fausse indifférence, luttant contre le mélange de crainte et de fascination qu'il lui inspirait. Que voulez-vous dire ?

Il était encore plus beau de près, avec ses lèvres finement dessinées et ses traits sculpturaux. L'esprit vide, elle se sentit à nu, dangereusement *exposée*…

— Vous jouez à cache-cache et disparaissez sans m'avertir.

— Pas du tout, mentit-elle, captivée malgré elle par les sonorités de sa voix enjôleuse. Je m'occupais de mes invités.

— Il ne faut pas me négliger pour autant, répliqua-t-il. Moi aussi, j'ai besoin d'attention.

Elle redressa le menton en rougissant.

— Il y a des rafraîchissements sur la terrasse…

— Vous m'accompagnez ?

— Non merci, je n'ai pas soif.

— Quel dommage ! s'écria-t-il en détaillant insolemment sa silhouette.

Déstabilisée, elle tenta de se ressaisir.

— Vicenzu, je…

Une étincelle s'alluma dans son regard.

— Ne soyez pas timide. Et ne vous laissez pas impressionner par ma réputation. Vous me prenez pour un vil séducteur, n'est-ce pas ? Mais en ma présence, vous tombez sous le charme. Ne vous inquiétez pas, cela arrive tout le temps. Je ne dirai rien à personne.

Elle s'empourpra.

— Excusez-moi, bredouilla-t-elle avec raideur. Je dois vérifier quelque chose… en cuisine.

Elle se détourna sous son regard moqueur, avec l'écho de sa voix affolée qui résonnait stupidement à ses oreilles.

Comme elle s'en voulait de sa gaucherie ridicule !

Elle sourit machinalement aux gens qui la saluaient. Que lui arrivait-il ? Cultivée, major de sa promotion dans son école de commerce, fille de l'un des hommes les plus puissants de Sicile, elle allait diriger l'entreprise que son père venait d'acheter. Et elle s'enfuyait comme si Vicenzu Trapani la terrorisait !

Elle avait beau lutter désespérément, il exerçait sur elle une fascination irrésistible depuis qu'il était arrivé. Comme ils étaient garçon et demoiselle d'honneur, il n'avait pas été possible de lui échapper.

L'atmosphère romanesque de l'église n'avait pas aidé Immacolata. Quand un rai de lumière tombant des vitraux avait auréolé le beau visage de Vicenzu, elle avait même imaginé qu'il s'agissait de leur mariage à eux…

Elle tressaillit. Cela faisait presque cinq ans qu'elle ne s'était pas sentie attirée par un homme. Et l'émotion qu'elle éprouvait aujourd'hui n'avait rien de comparable.

Distraite par son regard qui semblait ne jamais la quitter, elle s'était trompée à trois reprises au cours de la cérémonie. Malgré son trouble, elle ne se faisait aucune illusion sur Vicenzu Trapani. Contrairement aux rumeurs qui circulaient sur les liens de Cesare Buscetta avec le crime organisé, sa réputation sulfureuse de *bad boy* n'avait rien d'usurpé. Il excellait dans l'art du flirt et de la séduction.

De toute manière, peu importait, se dit-elle en se frayant un chemin parmi les groupes. Elle n'avait aucune intention de retomber amoureuse, à plus forte raison d'un homme qui affichait un comportement aussi provocant.

Il suffisait de l'ignorer et de se concentrer sur la seule chose qui comptait aujourd'hui, le mariage de Claudia.

Immacolata regarda Ciro. Comme son frère, il était grand, brun et très beau. Mais la ressemblance s'arrêtait là. Vicenzu était décontracté et nonchalant, alors que Ciro portait son costume comme une armure. Son port de tête exprimait une confiance en soi et une détermination inébranlables, qualités qui l'avaient porté au sommet d'un vaste empire commercial.

C'était précisément son succès éblouissant qui avait persuadé leur père ultra-protecteur de consentir à ce mariage précipité. Outre le fait que Ciro était issu du milieu très respectable dont Cesare rêvait pour ses filles.

En Sicile, les Trapani jouissaient d'une réputation sans tache dans le milieu des affaires. Or Alessandro Trapani, le père de Ciro, avait récemment vendu son entreprise et son domaine à Cesare Buscetta.

Imma se crispa. Elle ne connaissait pas tous les détails de cette vente. Même si son père la destinait à lui succéder et l'y préparait, il continuait à tout contrôler et à gérer dans le secret les affaires qu'il avait créées seul, à partir de rien.

Selon ses propres dires, le vieux Trapani s'était « mis dans le pétrin financièrement » et avait été obligé de vendre. Ensuite, sa santé s'était très vite détériorée, jusqu'à sa mort tragique et prématurée, deux mois plus tôt.

Immma éprouva un brusque élan d'empathie pour Audenzia Trapani, en train de bavarder avec Claudia. Un nuage de cheveux noirs auréolait son visage aux yeux en amande. Une fragilité émanait de sa beauté, et un calme un peu contraint, empreint de tristesse.

Se sentant observée à son tour, Imma surprit Vicenzu qui l'étudiait avec attention. Elle devint écarlate.

— Immacolata !

Elle se tourna vers son père avec un mélange de regret et de soulagement.

Comme beaucoup de Siciliens de sa génération, Cesare était un homme trapu et massif. Avec l'âge, ses muscles avaient fondu, mais il demeurait une force de la nature. Vigoureux, intransigeant, il impressionnait par sa présence et pouvait se montrer extrêmement intimidant.

— *Papà*.

Il l'embrassa sur la joue. Une odeur de cigare et de lotion au citron vert flottait toujours autour de lui.

— Pourquoi n'es-tu pas auprès de ta sœur ? lança-t-il en fronçant les sourcils. Un jour comme aujourd'hui, je suis plus fier que jamais de mes deux ravissantes filles.

Son ton se radoucit.

— Je comprends que ce soit dur pour toi, *piccioncina mia*, de voir ta sœur s'envoler du nid. Tout s'est passé si vite, et elle est si jeune…

Le sourire d'Imma se figea tandis que la voix de son père se fondait dans le brouhaha ambiant. Ni son père ni sa sœur n'avait écouté ses réserves. Cesare avait épousé leur mère quand elle avait dix-sept ans, et Claudia était une rêveuse incorrigible.

Les beaux rêves d'amour et de mariage de sa sœur s'étaient concrétisés.

Et les miens ? se demanda Imma en refoulant une pointe d'envie. *Quand se réaliseront-ils ?*

En fait, elle ne savait pas vraiment ce qu'elle voulait. Ni qui elle était réellement.

Toujours très occupée, elle n'avait jamais eu le temps d'y réfléchir. Elle avait essayé de remplacer leur mère auprès de Claudia. En même temps, ses études l'avaient accaparée, d'abord au lycée puis à l'université, car il fallait aussi donner satisfaction à Cesare qui avait de grandes ambitions pour elle.

Beaucoup d'ambitions. Il aurait évidemment son mot à dire sur le choix de son futur mari, qui ne serait certainement pas un jeune homme du coin comme Ciro ou son play-boy de frère.

De toute façon, Vicenzu ne s'intéressait certainement pas à elle. Ses rôles de maîtresse de maison et de mère de substitution l'avaient fait mûrir précocement, même si elle restait timide comme sa sœur. Ses quelques expériences malheureuses avec les hommes avaient instillé en elle une méfiance qui la faisait paraître hautaine et distante.

Ce qui ne risquait pas d'attirer quelqu'un comme Vicenzu. Si l'on en croyait Internet et la presse people, c'était un vrai Casanova.

Elle avait suffisamment souffert pour ne pas s'exposer à de nouvelles mésaventures. Les hommes s'enfuyaient quand ils apprenaient que son nom de famille était Buscetta. À ce jour, aucun ne l'avait trouvée assez jolie et désirable pour oser affronter son despote de père.

Mais le mariage romantique de sa sœur n'était guère propice à ce genre de réflexions. Elle serra affectueusement la main de son père.

— Je suis heureuse pour Claudia, *papà*.

Cesare lui sourit.

— Elle est faite pour le mariage. Elle n'a pas le tempérament pour les études ou les affaires.

Imma hocha la tête en s'interdisant toute jalousie. Claudia méritait son bonheur car leur père, même s'il l'adorait, avait aussi tendance à l'ignorer. Pour la première fois de sa vie, la cadette se trouvait à l'honneur, sur le devant de la scène.

— Ciro sera un bon mari, reprit Cesare. Fort, fiable, honnête.

Manifestement, il était fier de l'avoir pour gendre.

Il tendit le bras à sa fille.

— Viens. Allons les rejoindre. C'est bientôt l'heure de manger.

— Où étais-tu passée ? s'écria Claudia en s'avançant à leur rencontre. J'allais envoyer Ciro te chercher.

Elle parlait d'une voix un peu altérée. Le cœur d'Imma se serra. Claudia serait toujours la petite sœur qu'elle consolait quand elle avait du chagrin. *Papà* avait raison. Il fallait rester auprès d'elle aujourd'hui.

Imma prit la main de sa sœur.

— Je veux juste vérifier que tout va bien pour Corrado, dit-elle.

Corrado, le chef étoilé des Buscetta, avait été très dépité lorsque Cesare avait décidé de faire venir à grands frais des cuisiniers célèbres du monde entier pour l'aider dans les préparatifs du buffet.

Cesare n'en avait pas démordu. Il tenait à épater ses invités par la magnificence de la réception. Comme d'habitude, il avait laissé le soin à Imma d'arrondir les angles.

— Il n'y a pas de problème, ajouta-t-elle à l'intention de Ciro et de Vicenzu. Simplement, ce n'est pas facile pour Corrado de partager sa cuisine, et je veux le voir sourire sur les photos.

Sans crier gare, Cesare rentra dans une de ses colères intempestives, aussi redoutables qu'inattendues.

— S'il n'est pas content, il n'a qu'à partir, tonna-t-il furieusement.

Un silence stupéfait suivit cette explosion déplacée.

Claudia se mordit la lèvre d'un air gêné, mais Imma intervint avec fermeté.

— Allons, *papà*. Corrado travaille pour nous depuis dix ans. Il fait partie de la famille.

— Et la famille est sacrée, en Sicile. Pour nous tous, *signor* Buscetta.

Imma jeta un regard étonné à Vicenzu.

— Absolument, renchérit-elle pour finir d'amadouer son père.

— Pardon, grommela ce dernier. Je veux juste que tout soit parfait pour ma petite fille chérie.

Ciro s'avança vers lui.

— Vous avez organisé une fête magnifique, et je vous en remercie, monsieur.

Puis il se tourna vers Claudia qui le contemplait avec adoration.

— Notre mariage sera inoubliable.

Calmé, Cesare lui tapa amicalement l'épaule, puis regarda ostensiblement la montre en or à son poignet.

— Bien, il est temps de passer à table maintenant. *Amuninni !*

Il tendit le bras à Imma, mais Vicenzu s'interposa avec empressement.

— Me permettez-vous ?

Cesare se crispa visiblement. Il avait une piètre opinion du frère aîné de Ciro, dont la réputation de *donnaiolo* – un coureur de jupons – ne lui disait rien qui vaille.

— Je préfère escorter ma fille moi-même, répondit-il avec raideur.

Il y eut un léger silence, puis Vicenzu interrogea la jeune femme avec un petit sourire.

— Et que préférerait Immacolata ?

Elle se figea, et Claudia resta bouche bée. Leur père

ne lui demandait jamais son avis. Elle hésita une fraction de seconde.

— Tu devrais escorter Audenzia, *papà*, suggéra-t-elle calmement, sous le coup d'une impulsion. Ce serait plus approprié.

Elle avait raison. Jeune, son père aspirait seulement à devenir riche et puissant. Maintenant, il ambitionnait de se faire accepter dans la bonne société, sur un pied d'égalité avec des gens comme les Trapani.

— D'accord, dit-il simplement.

Le cœur battant, Imma accepta donc le bras de Vicenzu qui la conduisit sous l'immense marquise dressée pour l'occasion, jusqu'à leur table jonchée de fleurs. Surmontant résolument son trouble, elle engagea tout de suite la conversation.

— J'ai beaucoup entendu parler de votre hôtel. La Dolce Vita, n'est-ce pas ?

— Oui, j'espère vous y voir un jour prochain, répondit-il en saisissant la balle au bond. J'ai beaucoup de chance d'avoir la compagnie de la plus belle femme de cette assemblée.

Un frisson courut sur la peau d'Imma. Elle n'avait pas l'habitude de flirter et se sentait gauche.

— Vous me flattez, murmura-t-elle.

— Pas du tout. Pourquoi mentirais-je ?

Il se pencha pour plonger les yeux dans les siens.

— Je suis tout à fait sincère. Vous êtes éblouissante.

Pendant quelques secondes, le monde s'arrêta. Vicenzu était un beau parleur, rompu à l'art de la séduction. Pourtant, elle ne pouvait pas s'empêcher d'être sensible à ses compliments.

Il lui prit la main, mais sans la porter à ses lèvres, et la retourna pour examiner sa peau, à l'intérieur du poignet.

— Que faites-vous ? demanda-t-elle.

— Je cherche une faille dans votre armure…

Les serveurs commencèrent à apporter les plats.

— J'espère que les mets seront aussi délectables que mon hôtesse, souffla-t-il. J'ai une faim de loup…

Ce fut un festin mémorable, sur fond de musique de chambre exécutée par un quatuor à cordes. Après les discours d'usage, Claudia et Cesare, selon la tradition, ouvrirent le bal.

Imma avait à peine conscience de ce qui se passait. Un sourire de circonstance flottait sur ses lèvres mais, l'esprit ailleurs, elle s'efforçait de résoudre l'énigme que lui posait Vicenzu Trapani.

Elle le trouvait sympathique et agréable, *évidemment*. Un homme de sa réputation ne pouvait pas être déplaisant. Il lui faisait la cour, et elle répondait probablement comme toutes ses autres conquêtes. Il était charmeur, superficiel, frivole et désinvolte…

Malgré tous ses défauts, elle avait l'impression de l'avoir mal jugé.

Souvent, comme en ce moment, il cherchait du regard sa mère qui était assise en bout de table. Imma songea au deuil récent qui avait frappé leur famille.

Elle hésita.

— Ce doit être difficile…

— Quoi donc ? demanda-t-il en haussant les sourcils.

— Une journée comme aujourd'hui, sans votre père. *Papà* regrette de ne pas avoir été contacté plus tôt.

Vicenzu ne broncha pas, mais son ton se fit plus grave.

— Ce n'est pas plus dur qu'un autre jour.

Imma rougit malgré elle. Sur la piste, Ciro avait remplacé Cesare auprès de Claudia.

— Je suis désolée, Vicenzu…

— Vicè, corrigea-t-il. Non, c'est *moi* qui m'excuse. Je suis idiot, et vous avez raison. Son absence est douloureuse.

Sa sincérité émut Immacolata.

— Je comprends. Même après tant d'années, ma mère me manque toujours autant.

Ils étaient si proches qu'elle sentait son souffle sur sa joue et distinguait la barbe naissante, sur sa mâchoire. Ils demeurèrent ainsi un long moment, comme hypnotisés. Puis Vicenzu se leva et lui tendit la main.

— Voulez-vous danser ?

La bouche sèche, elle sentit le sang affluer à ses tempes. Tout le monde la regardait. Lentement, elle hocha la tête et le suivit sur la piste.

2.

Le visage impassible, Vicè attira Imma contre lui en réprimant un soupir. Cela faisait partie de son plan, le premier pas dans son entreprise de séduction d'Immacolata Buscetta.

Mais une guerre se livrait à l'intérieur de son esprit, entre l'homme qu'il était et celui qu'il essayait et avait besoin d'être.

Décidément, rien ne change, songea-t-il avec irritation.

Sauf que cette fois-ci il n'aurait pas de seconde chance.

Avec n'importe qui d'autre, cela aurait été facile. Il aimait les femmes et leur plaisait. Imma, néanmoins, était différente. Il aurait dû la haïr. Viscéralement.

Tout ce qu'il avait lu ou entendu à son propos l'y avait préparé. Froide et réservée, elle avait un comportement de princesse hautaine et méprisante. Même si elle était moins ouvertement agressive que son père, elle restait la fille de son ennemi.

Sa robe sage et sobre transmettait un message clair et sans équivoque. Elle voulait dominer, être prise au sérieux, mais ne cachait pas ses longues jambes fuselées, divines…

Elle avait noué sa magnifique chevelure brune en un chignon sévère, sur la nuque. Cela n'empêchait pas Vicè d'en imaginer la texture soyeuse sous ses doigts. Et ses lèvres pulpeuses démentaient la sévérité méfiante de ses grands yeux verts.

En résumé, elle était d'une beauté à couper le souffle, loin du diamant brut qu'il croyait.

C'était bien le problème.

Il s'était préparé mentalement pour agir avec promptitude et efficacité, et administrer très vite le coup de grâce. Seulement, cela s'avérait plus difficile que prévu, surtout avec le corps souple et délié d'Imma contre le sien.

Il lança un nouveau regard à sa mère, et ferma les paupières, comme pour refouler le plus loin possible la confusion qui l'assaillait.

Y arriverait-il ? En était-il capable ?

Cela faisait des semaines qu'il se posait la question. Depuis le jour où Ciro et lui avaient conclu leur pacte en buvant un bourbon.

Son frère était aussi son meilleur ami. Avec moins d'un an d'écart, ils avaient toujours été très proches. Même si Ciro était légèrement plus jeune, Vicè avait toujours eu l'impression d'être dominé par lui.

Il jouait à la perfection son rôle de jeune marié amoureux. Il le tiendrait jusqu'au bout sans flancher, jusqu'au moment où il dévoilerait leur stratagème à la pauvre Claudia.

Poussé par le même esprit de vengeance, Vicè agirait de même avec Imma.

Son cœur se serra quand un souvenir d'enfance remonta à sa mémoire.

Il se trouvait à Palerme avec son père. Un individu trapu, au sourire narquois, descendait d'une voiture, et Alessandro s'était arrêté à sa vue. Devant la curiosité de son fils, il lui avait expliqué que cet homme n'avait *aucun honneur.* Venant de son père qui ne portait jamais de jugement négatif, cette remarque avait choqué Vicè. Il n'avait jamais oublié l'incident.

C'était ce même Cesare Buscetta qui avait humilié et

harcelé Alessandro jusqu'à causer sa mort. Il paierait pour ce crime. Il était du devoir de Vicenzu de venger son père.

— Excusez-moi, Imma…

Ciro se planta devant eux.

— Claudia va se changer, et vous aviez promis de l'aider…

Imma plissa le front, comme si elle sortait d'un rêve.

— Je suis désolée… Oui, bien sûr. Vous permettez ?

— Vicè ? lança Ciro. Imma te parle.

— Merci, j'ai entendu.

Il se radoucit pour s'adresser à Imma, en l'enveloppant d'un regard qui la fit rougir jusqu'aux oreilles.

— Je vous accorde quelques minutes, pas davantage. Revenez-moi bien vite.

L'expression de la jeune femme le contrariait. Il avait fait une promesse à Ciro et tiendrait son serment. Mais tout aurait été beaucoup plus facile si elle avait eu des yeux moins… fascinants.

Pourquoi étaient-ils aussi verts ? Exactement de la couleur des olives Nocellara qui poussaient en abondance dans la propriété familiale. Ces olives qu'il avait récoltées enfant et que son père cultivait avec un soin jaloux.

Le jour de sa première cueillette était l'un de ses plus anciens souvenirs. Comme il était fier de montrer à son père tout ce qu'il avait ramassé ! Alessandro n'avait rien dit, mais un employé du domaine avait expliqué au garçon qu'il fallait enlever les fruits trop petits ou pas assez mûrs.

Il en avait été ainsi tout au long de sa vie. Alessandro couvrait toujours ses erreurs sans jamais rien lui reprocher, et en lui laissant toujours une seconde chance. Vicè ne se rappelait pas précisément quand cela avait commencé à déraper.

Était-ce à l'école ? Il expliquait à ses camarades comment embrasser les filles s'ils acceptaient de lui faire ses exercices… Lorsqu'il avait conduit un tracteur en état d'ivresse et avait complètement saccagé un champ ? Chaque fois qu'il faisait une bêtise, Alessandro se contentait de soupirer en secouant la tête.

Un goût amer lui monta dans la gorge, celui de la colère noire qui l'avait envahi quand sa mère lui avait téléphoné, désespérée.

Si son père lui avait parlé des agissements de Buscetta, il aurait pu l'aider. Cela aurait même été l'occasion de se racheter. Il n'était plus un enfant. Il n'avait plus besoin d'être protégé.

Persuadé du contraire, Alessandro avait gardé le silence sur ses problèmes financiers et ses ennuis de santé. Ciro ne comprenait pas pourquoi leur père ne s'était pas adressé à lui, mais Vicè connaissait la vérité. Ne voulant pas privilégier l'un de ses fils au risque d'humilier l'autre, Alessandro s'était sacrifié.

Maintenant, Ciro ne pensait plus qu'à se venger de Buscetta.

— Tout va bien ? demanda Ciro.

— Oui, je crois.

Vicenzu ramassa un confetti sur une table. Traditionnellement, on offrait cinq dragées couleur pastel à chaque invité. Elles symbolisaient la douceur et l'amertume du mariage, et les cinq vœux qu'on formait pour les jeunes mariés.

Santé, richesse, bonheur, prospérité et longévité.

— Comment cela, *tu crois* ? s'impatienta Ciro.

Une irritation mêlée d'envie gagna Vicenzu. Ciro s'était octroyé le beau rôle. Très jeune et naïve, Claudia était la plus facile à séduire. Il avait suffi de circonvenir le père, qui avait contre toute attente déroulé un tapis rouge devant lui.

Évidemment.

Ciro réunissait toutes les conditions d'un beau parti, alors que Vicenzu n'avait guère d'atouts pour lui. Certes, il possédait un hôtel célèbre, fréquenté par une clie[...] de luxe, mais qui avait aussi une notoriété sulfur[...] cause de ses fêtes débridées…

Et lui-même ne brillait pas par sa bonne ré[...]

La voix de son frère le ramena au présent.

— Vicè ! C'est toi le séducteur ! Tu es sur ton [...]

— En effet. *Scialla*… Calme-toi, Ciro, d'accor[...]

Il attrapa son frère par les épaules.

— *Festina lente.*

— Une citation latine ne m'impressionne pas et ne changera rien aux faits. Tu étais d'accord pour…

— Je le suis toujours.

— Dépêche-toi. Je n'ai pas envie de me retrouver coincé dans ce mariage plus longtemps que nécessaire.

— Je sais.

Ciro le fixa durement.

— Depuis notre adolescence, j'ai toujours vu toutes les femmes à tes pieds. Immacolata Buscetta sera comme les autres. Fais-le pour *mamma* et *papà*, et tout rentrera dans l'ordre.

Sauf que rien ne serait plus comme avant.

Ils auraient vengé leur père, mais ne le ramèneraient pas à la vie. Ils récupèreraient leur maison et leur propriété, mais leur mère serait toujours veuve.

Audenzia buvait son café à l'écart. En quarante ans de mariage, elle n'avait jamais passé une nuit sans son mari. Vicenzu avait toujours admiré leur couple. Pourquoi fallait-il qu'il salisse leur bel idéal en épousant une femme que tout lui commandait de détester ?

— *Papà* nous désapprouverait, dit-il posément.

— Peut-être. Mais il n'est plus là pour nous le dire. Si tu as changé d'avis, il faudrait te demander pourquoi.

Les paroles de Ciro piquèrent Vicenzu au vif. Il n'en

lla pas davantage pour éclaircir la confusion qui régnait *dans* son esprit.

Il avait rompu trop de promesses dans sa vie.

Cette fois-ci, il tiendrait parole.

Il faisait nuit quand Ciro et Claudia s'en allèrent.

— Il veillera sur elle, n'est-ce pas ?

La plupart des invités étaient rentrés sous la marquise, mais Imma restait au milieu de l'allée. Debout à côté d'elle, Vicenzu sentit monter l'adrénaline. Le moment était venu de passer à l'acte.

— Bien sûr, mentit-il.

Elle hocha la tête.

— Vous n'êtes pas obligé de m'attendre, dit-elle en suivant la voiture des yeux. C'est un peu idiot, mais c'est la première fois qu'elle s'en va quelque part sans moi.

— Je vous tiens compagnie.

Il hésita, puis lui prit la main et l'attira doucement vers lui.

— Je suis bien ici avec vous.

Elle fronça les sourcils en ramenant son étole sur ses épaules. Il était sûr qu'elle était troublée.

— Vous ne pouvez pas dire cela. Vous me connaissez à peine.

— Alors faisons plus ample connaissance. Allons ailleurs, dans un endroit tranquille.

Elle le regarda curieusement.

— Vous me prenez pour un séducteur, mais avec vous je suis sincère, reprit-il de sa voix la plus enjôleuse

Elle se mordit la lèvre, et il pensa qu'il allait trop vite.

— Excusez-moi, oubliez ce que je viens de dire. Je dois être un peu fou, pour vous proposer une chose pareille…

Elle hocha la tête.

— Oui…

Elle exerça une légère pression sur ses doigts.

— Mais pourquoi pas ? Je suis beaucoup trop raisonnable, d'ordinaire.

Il sursauta de stupéfaction Il n'arrivait pas à croire qu'elle se rendait si vite.

— Je vais dire au revoir à *papà*…

— *Non.*

Il ne fallait surtout pas qu'elle parle à Buscetta avant de partir.

— Ne retournez pas à l'intérieur. Restez avec moi… je vous en prie. Mon chauffeur est tout près. Nous pourrons appeler votre père sur le chemin de l'aéroport.

Elle le fixa un instant sans mot dire, puis lui sourit.

— Folie pour folie, prenons son hélicoptère…

Enfoncé dans le fauteuil de cuir crème, Vicè expira lentement tandis que l'hélicoptère s'élevait dans le ciel nocturne. Les confettis répandus sur le sol voletèrent tout autour, lui donnant l'impression d'être dans une boule à neige qu'on secouait.

Quelle situation incroyable !

C'était déjà stupéfiant qu'Imma accepte de le suivre, mais qu'elle réquisitionne l'hélicoptère de son père pour s'enfuir avec lui relevait du prodige.

Elle avait les yeux brillants. Manifestement, elle était fière du rôle qu'elle jouait dans l'aventure et y prenait beaucoup de plaisir.

Vicè devait malgré tout rester maître de la situation. En portant la main de la jeune femme à ses lèvres, il sentit les battements précipités de son pouls.

— Quelle est l'autonomie de vol de cet appareil ? s'enquit-il doucement.

— Où voulez-vous aller ?

Les deux frères avaient mûrement réfléchi. Buscetta soupçonnerait une manigance si Vicè entreprenait une cour assidue auprès d'Imma. Ils avaient donc décidé de le mettre devant le fait accompli.

Vicè se crispa. Avant même qu'il décide d'une stratégie, Ciro avait déjà demandé Claudia en mariage et rédigé le contrat, prouvant une fois de plus son extrême efficacité.

Vicè, lui, avait attendu la dernière minute. Lorsqu'il séduisait une femme, il n'agissait pas consciemment et n'imaginait pas comment le faire de sang-froid et avec préméditation. Il avait donc improvisé.

Il demanderait la main d'Immacolata une fois qu'il l'aurait conquise. Le sens de l'honneur commanderait à Buscetta d'accepter, même s'il rêvait évidemment d'un autre gendre. Pour faire peser la balance en sa faveur, Vicè devait agir publiquement. Sinon, le stratagème échouerait.

Pour donner un maximum de publicité à sa liaison avec Imma, il n'y avait rien de mieux que son célèbre hôtel, assiégé en permanence par une armée de photographes.

— Chez moi, déclara-t-il d'une voix charmeuse.

— À La Dolce Vita ? Je préférerais un endroit plus discret.

Il s'en voulut de manquer de finesse et se rattrapa comme il put.

— Vous avez raison, bien sûr. Je suis désolé. Depuis que je vous ai vue entrer dans l'église derrière votre sœur, je n'ai plus ma tête à moi.

Il baissa les yeux quand elle glissa ses doigts entre les siens. Ce geste ne lui était pas coutumier, mais il avait toujours vu ses parents se tenir la main. Fugitivement, l'image de sa mère esseulée, pendant la cérémonie, lui traversa l'esprit. Il ne devait pas oublier sa colère contre Cesare Buscetta.

— Vous avez une meilleure idée ? murmura-t-il en l'attirant plus près.

Il fallait prendre son mal en patience. Le moment venu, il s'arrangerait pour alerter les paparazzis…

— *Papà* a une villa à Pantelleria…

Pantelleria. Contrairement à beaucoup de gens, il connaissait le nom de cette minuscule île volcanique, entre la Sicile et la Tunisie, mais n'y avait jamais mis les pieds.

— Cela ne posera pas de problème ?

Elle hésita.

— Il n'y va presque jamais. Mais Claudia et moi adorons le lieu. C'est très beau, et pratiquement désert.

Les dés étaient jetés. Même si le scénario n'avait rien d'idéal, Vicè ne voulait pas brusquer Immacolata et compromettre leur intimité naissante. Il sentait ses seins se durcir à son contact, et elle avait la chair de poule.

Ce n'était plus le moment de parler.

Il prit son menton entre le pouce et l'index.

— C'est parfait.

Pour effacer toute indécision, il l'embrassa.

Il ne s'attendait pas du tout à ce qui se produisit. Elle resta d'abord immobile, sans réaction. Puis ses lèvres s'écartèrent doucement, et elle glissa une main sur sa nuque.

Il goûta sa bouche délicatement, pour l'étourdir, tout en se répétant qu'il devait la haïr parce qu'elle était la fille de son ennemi.

Mais elle gémit en se pressant contre lui et prit l'initiative, avec une fougue qui le désarçonna. Enveloppé par son parfum, il poussa une exclamation rauque. La force conjuguée de leurs désirs le stupéfiait.

Enserrant son visage entre ses paumes, il lui rendit son baiser avec passion. Une impatience folle le gagnait…

— *Miss* Buscetta ?

Imma sursauta violemment, et ils se regardèrent d'un air abasourdi tandis que la voix du pilote résonnait dans l'habitacle.

— Nous atterrissons dans environ cinq minutes. Il y a beaucoup de vent. L'appareil sera peut-être un peu secoué, mais soyez sans inquiétude.

Elle pressa le bouton de l'Interphone en tremblant.

— Merci, Marco.

Choqué par le comportement imprévu de la jeune femme, et encore plus par ses propres réactions, Vicenzu respirait avec difficulté. Le cœur battant, il tenta de se ressaisir.

— Imma…

Elle était écarlate, d'embarras ou de désir. Ou peut-être des deux à la fois.

Il jura intérieurement.

— Je suis désolé. Je n'imaginais pas… C'est-à-dire…

Les mots lui manquaient. Cette femme était tout simplement délicieuse.

Comment était-ce possible ?

Il n'était pas censé éprouver du plaisir, juste la séduire pour venger sa famille.

— Je comprends.

Elle se libéra et s'écarta. Le cœur de Vicenzu battait à tout rompre. Pour une fois, incroyablement, il n'avait pas l'impression de gagner la partie.

— Imma…

Elle pâlit et pinça les lèvres.

— S'il vous plaît, taisez-vous. Je sais ce que vous allez dire.

— Comment cela ?

— Cela m'est arrivé si souvent… Vous ne voulez rien précipiter, c'est cela ? Ou alors vous me respectez trop…

Il fronça les sourcils.

— Je ne comprends pas…

Elle poursuivit d'un ton amer, sans le laisser s'exprimer.

— Je vous croyais différent des autres. Finalement, vous êtes comme eux.

« Je suis désolée d'avoir pris sur votre temps, *signor* Trapani. Retournez vite à votre cher hôtel et à votre douce existence. Marco va vous raccompagner. »

L'hélicoptère toucha le sol avec un léger cahot. Aussitôt, elle détacha sa ceinture de sécurité et sauta à l'extérieur.

Consterné, Vicenzu finit par descendre à son tour. Il dut courir pour la rattraper, ce qui l'exaspéra. Jamais il ne s'était lancé à la poursuite d'une femme, ni au sens propre ni au figuré.

— Imma !

Il la saisit par le bras et l'obligea à lui faire face.

— Expliquez-moi ce qui se passe ! J'ai seulement dit…

— J'ai parfaitement entendu la première fois, coupa-t-elle en se dégageant.

Elle ne se maîtrisait plus.

— Vous avez sans doute été poussé par la curiosité. Ou l'ennui. Ou les deux. Mais je refuse d'être traitée ainsi. Je ne suis pas un jouet avec lequel on s'amuse à sa guise.

Les poings serrés, elle le foudroya du regard.

— Il y a tout de même un frère Trapani qui a le courage de ses convictions !

La mâchoire de Vicenzu se crispa. Il avait tellement l'habitude d'être comparé à Ciro qu'il n'y faisait plus attention. Mais le mépris d'Imma le piqua au vif.

— C'est-à-dire ? demanda-t-il avec colère.

Un rictus dédaigneux étira la bouche de la jeune femme.

— Contrairement à vous, Ciro n'a pas peur de mon père !

Les mots d'Imma se perdirent dans le silence. Ils étaient sortis tout seuls, presque malgré elle, mais tant pis. Elle ne regrettait pas d'avoir mis un terme à cette farce ridicule.

Vicenzu Trapani était un beau menteur, et elle, une idiote impardonnable.

L'espace de quelques heures, elle avait réellement espéré... que Vicè était différent. Que, comme Claudia, elle avait enfin rencontré un homme prêt à tenir fièrement sa place à ses côtés.

En plus, ce n'était pas n'importe qui. Il avait un charme confondant, un sourire fabuleux et une bouche qui la bouleversait.

Elle s'empourpra en se remémorant la manière totalement désinhibée dont elle avait répondu à son baiser. Elle avait déjà embrassé des hommes, trois précisément, mais sans jamais rien éprouver de tel. Dieu sait ce qui serait arrivé si Marco ne les avait pas interrompus.

Cramoisie, elle s'interdit d'y songer et se raccrocha à sa colère tandis que Vicè la toisait avec dédain.

— *Peur* ? De votre *père* ? Il m'inspire beaucoup de choses, Imma, mais certainement pas de la peur. Il ne m'impressionne pas plus qu'il n'impressionne Ciro.

La rudesse de sa voix la convainquit. Il était sincère.

Du coup, sa colère s'évanouit comme par enchantement.

— Je croyais que vous aviez changé d'avis. Comme les autres.

Un bref silence tomba.

— J'ai paniqué, dit-il. J'ai eu peur de vous brusquer.

Il lui prit la main et l'attira vers lui.

— Je veux vraiment apprendre à vous connaître. Et si vous partagez cette envie, aucun obstacle ne doit se dresser entre nous. Vous comprenez ?

La lueur, au fond de ses yeux, la troublait intensément. Sa gorge se serra. Cela faisait tellement longtemps qu'elle rêvait d'entendre cela !

Elle hocha la tête et se blottit au creux de ses bras.

3.

— Qui sont ces « autres » ?

Imma leva les yeux et fronça les sourcils. Installés sur la terrasse au bord de la piscine, ils buvaient un vin de la propriété. En fait, Vicè dégustait, en connaisseur, mais elle ne pouvait rien avaler.

Il allongea les jambes nonchalamment, avec une grâce de félin. Il était tellement beau qu'elle en avait la bouche sèche.

S'efforçant de rester calme, elle dirigea son regard derrière lui. Quelqu'un – probablement Marianna, la gouvernante – avait allumé des bougies dont les lueurs accentuaient encore la perfection des traits de Vicè.

Une brise légère apportait dans son sillage des fragrances de rose et de jasmin. Le décor baignait dans une atmosphère délicieusement romantique.

Imma se gratta la gorge.

— Quels autres ? répéta-t-elle sans comprendre.

— Vous m'avez reproché d'avoir changé d'avis, *comme les autres.*

Un frémissement courut le long de sa colonne vertébrale.

— Oh ! c'est sans importance…

Un homme comme lui ne pouvait pas vraiment comprendre. Mais il soutint son regard, et elle soupira.

— Les garçons que j'ai rencontrés ont tous pris leurs distances à cause de mon père…

— Je vois.

Elle hocha la tête.

— *Papà* ne jouit pas d'une très bonne réputation. Il fréquente parfois des gens… peu recommandables. Vous êtes sûrement au courant si vous lisez les journaux.

— Oh ! les journalistes racontent tellement de sottises ! Je suis bien placé pour le savoir.

Il la troublait. À quoi pensait-il, quand il la regardait ainsi ? Et pourquoi son corps réagissait-il avec autant de plaisir ?

Il lui prit la main.

— Ils ne se gênent pas pour broder et inventer quand ils sont en panne d'informations, ajouta-t-il en plongeant ses yeux noirs dans les siens.

Le cœur d'Imma battait la chamade. Vicenzu Trapani l'attirait et lui faisait peur tout à la fois. L'intérêt et la curiosité qu'il lui manifestait la fascinaient. En même temps, elle redoutait de tomber sous son emprise. Il avait une telle confiance en lui…

Elle n'avait jamais parlé ainsi à personne. Son père était trop lunatique et Claudia trop jeune et innocente.

Il raffermit la pression de ses doigts.

— Ces hommes n'avaient pas le droit de porter un jugement, *cara*. Les gens se croient informés parce qu'ils ont lu quelques articles dans la presse. Rien n'est plus faux.

Elle aussi l'avait jugé au travers de diverses publications, sur le Net ou dans les magazines people…

— C'est comme pour vous, dit-elle sans réfléchir. Les paparazzis ne vous décrivent pas tel que vous êtes. Drôle, intelligent, gentil…

Elle s'interrompit, rouge de confusion, tandis qu'il la considérait avec un mélange de surprise et d'amusement.

Honteuse de se comporter comme une adolescente

énamourée, elle ne savait plus où se mettre et choisit de battre en retraite

— Finalement, il vaut peut-être mieux que Marco vous emmène à votre hôtel…

— Certainement pas. *Cara*, je vous trouve adorable…

Oh ! il lui plaisait tant ! Et elle avait failli tout gâcher avec ses accusations ridicules. La situation, totalement inédite, la déstabilisait. Avec lui, elle se comportait différemment. Elle était plus ouverte et impulsive. Plus hardie aussi.

Pas au point d'envisager sereinement la confrontation avec son père, toutefois.

Elle frissonna en imaginant la colère de Cesare quand il s'apercevrait qu'elle était partie avant la fin de la réception. Avec Vicè en plus ! Et qu'elle était ici avec lui…

— Il sera très fâché ?

Elle tressaillit.

— Comment savez-vous à quoi je pensais ?

— J'ai deviné.

Il soupira.

— Rentrons à l'intérieur. Vous avez besoin de boire quelque chose de plus fort.

Dans le salon, il servit deux verres de cognac et s'assit à côté d'elle sur le canapé. Puis il se pencha pour lui caresser la joue avec une douceur qui la bouleversa.

— Je n'ai pas peur de lui, Imma.

Il s'immobilisa comme si une idée lui venait tout à coup à l'esprit.

— Et *vous* ?

Elle secoua la tête.

— Non, bien sûr. Simplement, *papà* n'aime pas les surprises. Il a des projets pour moi. Des ambitions. Il veut me confier la direction de la Trapani Olive Oil Company.

— Et vous ne voulez pas.

— Si. C'est une affaire très intéressante. Je veux être là pour *papà* s'il a besoin de moi.

Plus elle y pensait, plus elle redoutait les foudres paternelles.

Après avoir consenti à l'union de Claudia avec Ciro, Cesare deviendrait encore plus tyrannique, en particulier pour ses projets matrimoniaux. Il ambitionnait un très beau mariage pour Imma, avec un homme plus âgé, et surtout richissime.

L'amour ne figurait pas au programme.

Imma frissonna. Elle ne pouvait pas décevoir les rêves que son père nourrissait pour elle.

Elle s'accorderait juste une nuit de plaisir.

Une expérience qui n'appartiendrait qu'à elle et dont elle garderait un souvenir inoubliable. Un souvenir qu'elle chérirait dans le secret de son cœur et de son corps, qui la soutiendrait tout au long d'un mariage dicté par le devoir, avec un homme qu'elle n'aimait pas.

Ce soir, elle voulait du feu, de la passion et de l'extase. Elle voulait percer les mystères de la sexualité… assumer pleinement le changement qui métamorphoserait la jeune fille vierge et inexpérimentée qu'elle était en femme avertie.

Elle prit son verre d'une main tremblante. Un mélange de peur et de désir la submergeait.

En tout cas, elle voulait Vicè.

Avec une violence inouïe.

En l'amenant ici, elle avait déjà scellé son destin. Puisque son père lui en tiendrait de toute façon rigueur, il fallait vivre l'instant avec le maximum d'intensité.

Qu'y avait-il de plus important que le choix de son premier amant ?

C'était peut-être sa dernière occasion d'exercer son libre arbitre. Elle avait arrêté son choix sur Vicè parce qu'il était beau, séduisant et qu'il lui inspirait confiance.

— Pour le moment, je ne me soucie guère de sa colère, déclara-t-elle tranquillement. J'ai juste envie d'être ici avec vous.

— Il n'a aucune raison de se fâcher. Il ne s'est rien passé.

— *Rien encore*, corrigea-t-elle doucement.

Elle s'embrasait sous son regard. Lui seul avait le pouvoir d'éteindre ce feu ardent.

Il ôta le verre de sa main tremblante et scruta longuement son expression.

— Vous avez donc envie qu'il se passe quelque chose ?

Elle ne savait pas par où commencer, ni comment demander ce qu'elle voulait.

— Oui, articula-t-elle d'une voix tendue.

Elle se sentait partagée entre l'espoir, l'excitation et la peur du rejet.

— Mais j'ai un peu peur…, ajouta-t-elle nerveusement.

— De souffrir ? lança-t-il malicieusement. C'est un risque à courir, surtout avec moi…

Il redevint sérieux.

— Cependant, si cela peut vous rassurer, c'est plutôt moi qui suis en danger. Vous me faites ressentir des choses que je n'ai jamais ressenties. Avec vous, il me vient des désirs nouveaux, inconnus…

Le corps brûlant, elle sentit les cheveux de sa nuque se hérisser et la pointe de ses seins durcir. On lui avait déjà imposé tant de choix, dicté tant de décisions… Cette nuit avec Vicè serait à elle et elle seule.

— J'éprouve la même chose, chuchota-t-elle. J'ai… envie de toi.

Elle s'étonna elle-même de son audace. Un homme qui avait autant de succès auprès des plus belles femmes du monde s'embarrasserait-il d'une ingénue gauche et sans expérience ?

Brièvement, elle envisagea de lui avouer la vérité. Mais cela changerait complètement la donne.

Sous ses allures de play-boy, Vicè demeurait peut-être, viscéralement, un Sicilien traditionnel. Qui sait s'il ne reculerait pas à l'idée de lui prendre sa virginité ?

Il était temps de se décider et de passer à l'acte.

Puisqu'il s'agissait de réaliser un fantasme, il était parfaitement inutile d'évoquer des détails trop réalistes.

— Si nous allions dans un endroit un peu plus… intime ? suggéra-t-elle.

Vicenzu la considéra en silence, tout en se répétant le dernier mot qu'elle avait prononcé, évocateur de lumières tamisées, de corps nus et de gémissements de plaisir.

Intime.

Il se figea tandis qu'elle se mordait la lèvre.

— Imma, tu es sûre ? Tu connais ma réputation de séducteur. Je ne voudrais pas te porter tort.

Elle secoua la tête.

— Peu importe. Cela m'est égal.

Elle s'efforçait manifestement de dominer une nervosité bien compréhensible. Étant donné l'attitude surprotectrice de Buscetta avec ses filles, elle ne devait pas avoir souvent l'occasion d'échapper à sa surveillance. Un tel écart de conduite avait de quoi l'affoler.

Elle avait les joues rouges, et des mèches de cheveux s'échappaient de son chignon. Son expression enflammée excitait le désir. Néanmoins, il refusait de s'emballer et voulait garder le contrôle de la situation.

— Il ne faut rien précipiter. Je peux attendre, *cara*, même s'il m'en coûte…

Elle se mit à rire, et il oublia tout à coup pourquoi il

était là avec elle. Il ne pensa plus qu'à une chose, comment la faire rire de nouveau.

Puis le vide se fit dans son esprit quand elle se leva et lui tendit la main.

— Je vais juste faire un brin de toilette.

Elle semblait plus nerveuse, maintenant qu'ils étaient dans sa chambre.

— Prends ton temps. Je t'attends, murmura-t-il en effleurant ses lèvres d'un baiser.

En réalité, il avait lui-même besoin de se ressaisir et de mettre de la distance entre Imma et lui.

Quand la porte de la salle de bains se referma, il commença à déboutonner sa chemise. En vérifiant qu'il avait des préservatifs dans son portefeuille, il s'aperçut qu'il avait un message vocal sur son portable. De Ciro.

Vicenzu, c'est moi… Écoute, je ne pourrai pas jouer très longtemps cette comédie. J'ai rempli ma mission. Elle va signer la restitution de la maison. À toi de t'acquitter de ton rôle pour récupérer l'entreprise. Dépêche-toi, parce que je ne sais pas combien de temps je tiendrai.

Vicenzu repensa à la nervosité d'Imma.

Puis il se remémora sa mère, à l'écart et solitaire pendant la réception.

Les deux frères avaient le devoir de lui redonner, sinon le sourire, du moins un peu de fierté en rabaissant la morgue de Buscetta.

Il tapa un bref texto en réponse et posa son téléphone sur une chaise. Juste à ce moment-là, Imma réapparut sur le seuil. Il en eut le souffle coupé.

Sa longue chevelure brune retombait sur ses épaules. Elle était presque entièrement nue et ne portait plus qu'une culotte en dentelle couleur crème.

Comme hypnotisé, il contempla longuement ses petits

seins ronds et fermes et sa peau dorée. Blasé, habitué à la beauté et à la nudité, il s'étonna lui-même du trouble qui le saisissait à la vue d'Immacolata. Sa pose avait quelque chose d'infiniment vulnérable et de très sexy à la fois.

Il en oublia son pacte avec Ciro. Sa colère, son chagrin, sa culpabilité, tout ce qui l'avait mené jusqu'ici fut balayé par un désir violent, encore jamais éprouvé.

Elle avança d'un pas.

— Attends, commanda-t-il doucement. Laisse-moi d'abord te regarder.

Ce fut lui qui s'approcha.

— Ne sois pas timide. Tu es très belle.

— Toi aussi, tu es beau.

Un sang brûlant coula dans ses veines quand elle toucha son torse. Il se pencha pour prendre sa bouche et glisser les doigts dans la masse de ses cheveux.

Ce n'était pas vraiment un baiser, plutôt un prélude. Elle retint son souffle et le conduisit vers le lit. Là, il se dévêtit promptement et s'étendit auprès d'elle.

— Tu es sûre de ce que tu veux ? demanda-t-il.

Le cœur battant, Imma hocha la tête. Aucune certitude ne lui avait jamais semblé aussi évidente. Tout son corps réclamait Vicè.

Néanmoins, une panique irrépressible l'envahit à son contact. Son sexe érigé l'impressionnait. Elle n'avait aucune expérience, alors que Vicè avait eu toutes sortes de maîtresses averties et sophistiquées.

Il caressa la courbe de ses hanches, avec une infinie délicatesse.

— Dis-moi ce que tu veux, ce que tu aimes, souffla-t-il.

Elle ne savait rien et se sentait affreusement ignorante.

— J'aime… ton visage, murmura-t-elle en suivant le dessin de sa mâchoire. Ta peau, ton corps d'homme…

Des gestes timides, puis de plus en plus assurés, accompagnèrent ses paroles. Vicè retint son souffle lorsque sa main descendit le long de son ventre.

Il poussa un gémissement rauque, puis l'embrassa avec une telle sensualité qu'elle en oublia ses craintes et ses doutes. Rien ne comptait plus, que la pression de ses lèvres sur sa bouche, sa tiédeur, la lueur de braise au fond de ses yeux…

Il enserra ses seins dans ses paumes pour les caresser. Puis, s'agenouillant et s'appuyant sur les coudes, il les suça longuement tour à tour, déclenchant des ondes de désir qui l'irradièrent jusqu'au bout des terminaisons nerveuses.

Elle s'arc-bouta contre lui, de toutes ses forces. À présent, les doigts de Vicè exploraient chaque centimètre de sa peau, s'immisçant dans les replis les plus secrets. Une plainte s'échappa de sa gorge.

Revivrait-elle la même chose pendant sa nuit de noces ? Son mari, cet inconnu qu'on n'avait encore pas choisi pour elle, saurait-il susciter des sensations aussi délectables ? Elle inspira profondément pour refouler son angoisse.

— *Cara*… Qu'y a-t-il ? Dois-je m'arrêter ?

— Non. S'il te plaît. Ne t'arrête pas.

Comment aurait-elle avoué la vérité ? Elle avait envie que cela dure pour toujours. Éternellement. Que Vicenzu Trapani devienne ce mari qu'on lui destinait.

Elle ramena son visage vers le sien pour l'embrasser, et il se pressa entre ses cuisses. Toute tremblante, elle souleva les hanches à sa rencontre.

— Ta peau est douce comme de la soie, murmura Vicè.

Il la pressa contre lui et repoussa sa main avec un gémissement lorsqu'elle serra son membre viril entre ses doigts.

— Pas maintenant. Toi d'abord, protesta-t-il.

Glissant les pouces sous sa culotte, il la fit glisser le long de ses jambes. À présent, elle était entièrement nue.

— Regarde-moi, commanda-t-il gentiment.

Elle riva les yeux aux siens. Dans sa poitrine, son cœur battait à tout rompre.

Du bout des lèvres et de la langue, il traça délicatement le contour de son visage et de sa bouche, puis descendit vers son cou et ses seins, de nouveau.

Elle s'agrippa à ses cheveux en gémissant.

Vicè s'efforçait désespérément de garder ses distances et son self-control. Mais elle était si belle, si sensuelle, qu'il n'y arrivait pas. Son propre corps le trahissait malgré lui.

Redoublant d'excitation et d'impatience, il glissa les doigts vers le cœur battant de sa féminité afin de l'explorer.

Imma fut prise de vertige. Elle découvrait des sensations inconnues jusque-là. Des tremblements incoercibles l'agitaient.

Elle se pressa en frissonnant contre la paume de Vicè et chercha de nouveau son sexe. Cette fois-ci, il ne la repoussa pas.

— *Ti voglio*, chuchota-t-elle. Je veux te sentir en moi. *Ti prego.*

Il se souleva sur un coude et tendit le bras vers la table de nuit pour prendre un préservatif. Elle le regarda avec une expression abasourdie et posa les mains sur son torse avec appréhension lorsqu'il se positionna entre ses cuisses.

— Tout va bien. Prenons notre temps, rien ne presse, chuchota-t-il.

Sa voix grave calma ses craintes. Devant le désir qui

brillait dans ses yeux, elle ouvrit plus largement les jambes et creusa les reins. Elle ne comprenait pas ce qui arrivait. Parviendrait-elle à assouvir cette ardeur qui la dévorait ?

Instinctivement, elle s'offrit à lui et s'agrippa à ses épaules quand il la pénétra.

Une douleur vive la déchira. Elle se tendit malgré elle, et il s'immobilisa aussitôt. Mais, ne voulant pas trahir sa virginité, et craignant surtout qu'il se retire, Imma le serra contre lui tout en commençant à bouger. En même temps, elle s'obligea à réguler sa respiration et s'habitua petit à petit à sa présence en elle.

Vicè chercha sa bouche et accorda ses mouvements à son rythme. Puis il accéléra progressivement, et elle le suivit. Des sensations et des muscles dont elle ne soupçonnait pas l'existence se dévoilèrent, la précipitant dans des abîmes de plaisir inouï. Écartelée, elle sombra dans une extase si intense qu'elle faillit éclater en sanglots.

Le souffle et les gémissements de Vicè se mêlèrent aux siens. Il se tendit comme un arc et retomba sur elle avec des spasmes irrépressibles.

Le poing recroquevillé sur ses cheveux, il déposa une pluie de baisers sur son front et ses joues, et murmura son nom inlassablement au creux de son cou.

— *Sei bellissima.*

Elle lui sourit presque timidement.

— Tu as eu du plaisir ?

Il éclata de rire.

— On ne m'avait jamais posé cette question. C'était divin, *cara*. Incroyable.

— Je ne savais pas que cela pouvait être aussi fort, dit-elle.

Comment aurait-elle imaginé une jouissance aussi intense ?

Il scruta longuement son visage.

— C'était comment, avant ?

Elle tressaillit. Ce n'était plus la peine de mentir, maintenant qu'ils avaient fait l'amour.

— Il n'y a pas eu d'avant. Tu es mon premier… mon premier amant.

Son premier amant.

Choqué et incrédule, Vicè la considéra en silence.

Elle était vierge.

La stupéfaction le laissait sans voix. Au prix d'un immense effort, il revécut la scène qui venait de se dérouler. Il l'avait sentie crispée au moment de la pénétration, hésitante et craintive.

Mais jamais il n'avait soupçonné que c'était *sa toute première fois.*

Comme il s'en voulait ! S'il avait su, il aurait fait plus attention. Il aurait été plus doux, plus délicat. Inexplicablement, il était aussi très en colère. Contre Ciro qui l'avait mis dans cette situation, et contre Imma.

Il refoula les questions qui l'assaillaient.

Pourquoi n'avait-elle rien dit ?

C'était absurde.

Malheureusement, il ne pouvait pas revenir en arrière.

— Je suis le premier ? répéta-t-il, hébété. Je suis désolé… Je n'imaginais pas… Tu es pourtant allée à l'université…

Elle haussa les épaules.

— Mon père m'avait acheté un appartement. J'étais surveillée par des gardes du corps.

— Mais avec ces autres dont tu parlais… tu n'as pas… ?

— Je n'ai jamais vraiment éprouvé de désir. Pas comme avec toi.

Elle hésita.

— Cela pose un problème ?

Elle avait l'air affolée. Vicè devait réagir vite et la rassurer.

Il secoua la tête et lui caressa la joue.

— Au contraire. Cela ne me ressemble pas de dire une chose pareille, mais je suis content d'être le premier.

« J'en suis même très heureux. »

Le corps d'Imma se dilata, et elle eut l'impression de renaître à la vie.

Vicè la serra contre lui et enfouit le visage au creux de son cou.

— Imma, est-il possible que deux êtres tombent amoureux en l'espace d'une seule journée ?

Elle inspira profondément.

— Je crois, oui.

— Accepterais-tu de m'épouser si je te demandais en mariage ?

— Rien ne t'y oblige. J'aurais dû te prévenir que j'étais vierge. J'ai choisi délibérément de ne rien te dire.

— Ce n'est pas à cause de cela. L'idée paraît folle, mais s'impose à moi. Je ne peux pas faire autrement.

Le cœur gonflé de joie, incapable de prononcer un son, Imma embrassa Vicè passionnément.

Ils refirent l'amour, et elle s'endormit entre ses bras.

Elle reposait encore au creux de son étreinte lorsqu'elle se réveilla aux premières lueurs de l'aube. Elle n'aurait su décrire comment elle se sentait. Heureuse, bien sûr, mais l'adjectif semblait tellement banal…

Quelle première fois fabuleuse ! Comme dans ses plus beaux rêves. Leur désir mutuel lui avait donné une confiance absolue.

Elle rayonnait de l'intérieur, avec une merveilleuse sensation de chaleur.

Ce n'était pas uniquement sexuel.

Elle était tombée éperdument amoureuse de Vicè. Assez incroyablement, il partageait ses sentiments puisqu'il l'avait demandée en mariage…

Un frémissement la parcourut.

Cette proposition, exceptionnelle pour un homme comme lui qui collectionnait les conquêtes, revêtait une importance extrême.

Elle le contempla avec émotion. La beauté qui émanait de son corps viril la bouleversait.

Un désir intense l'envahit.

Pouvait-elle le réveiller ?

Elle se mordit la lèvre. N'était-ce pas inconvenant ? Un peu trop osé ?

Il bougea dans son sommeil, et elle retint son souffle.

Elle était tellement, *tellement* heureuse ! L'envie lui vint de partager ce bonheur avec Claudia. Mais il était trop tôt. De toute façon, elle ne pouvait pas appeler sa sœur maintenant, pendant sa nuit de noces.

Elle fronça les sourcils. À l'autre bout de la pièce, son téléphone sonna. Elle se glissa hors du lit pour répondre. C'était Claudia, bien sûr. Un lien télépathique les avait toujours reliées mystérieusement.

Elle sortit de la pièce sur la pointe des pieds et referma doucement la porte.

— Bonjour ! Je m'apprêtais justement à…

— Oh ! Immie, il s'est passé quelque chose d'épouvantable, s'écria Claudia d'une voix altérée.

Imma s'affola.

— Ne pleure pas, *mia cara*. Qu'y a-t-il ? Dis-moi.

— C'est une supercherie, Immie. Un mensonge effroyable. Il ne m'aime pas.

— Mais si, voyons…

— Non. Je l'ai entendu parler au téléphone… Il se croyait seul.

Imma serra convulsivement l'appareil dans sa main moite.

— Ce n'est pas possible. Ciro t'aime.

— Non, Immie. Il m'a épousée pour se venger de *papà*. Et Vicenzu va faire pareil avec toi.

La pièce se mit à tanguer. Un poids terrible comprima les poumons d'Imma, l'empêchant de respirer.

Claudia avait certainement mal compris. Vicè ne ferait pas cela…

Mais les sanglots de sa sœur la convainquirent.

4.

Roulant sur le côté, Vicè étendit le bras pour chercher… *Imma.*

Mais sa place était vide.

Il se souleva sur un coude et constata avec étonnement l'heure tardive. On entendait l'eau couler dans la salle de bains. Imma devait être sous la douche.

Son pouls s'accéléra. Il avait l'esprit confus. Comment la fille de son ennemi pouvait-elle lui inspirer une émotion aussi intense ? Une image fugitive lui traversa l'esprit. La veille au soir, lorsqu'elle était apparue, presque nue, les cheveux répandus sur les épaules, il avait oublié instantanément la colère et l'incertitude des dernières semaines. Il n'était plus qu'un homme ravagé de désir.

Mais ce n'était pas si simple. La découverte de sa virginité l'avait complètement désorienté. Un lien particulier s'était établi, qui changeait la donne. Malgré lui, sans comprendre pourquoi, cela lui plaisait d'être son premier amant.

Il n'aurait servi à rien de le nier, la satisfaction qu'il éprouvait l'emplissait d'une mâle fierté.

Et l'excitait inexplicablement…

Il retint sa respiration. Que lui arrivait-il ? Se remémorant la façon touchante dont Imma s'était pelotonnée contre lui, il relâcha son souffle.

Jusque-là, il n'avait jamais serré une femme endormie entre ses bras. Pourquoi ?

Sans doute parce qu'il n'avait jamais connu de vraie jeune fille.

Couché sur le dos, il contempla le plafond en plissant le front. Cette complication inattendue l'irritait.

Il se raisonna. Qu'y avait-il de si compliqué ? Imma avait perdu sa virginité. Et alors ?

Elle était adulte et consentante. Il ne devait pas perdre de vue son objectif. Pour une fois, il irait jusqu'au bout et accomplirait ce qui avait été décidé.

Il l'avait séduite dans les règles de l'art. Fort de son expérience, il l'avait menée à l'extase avec une maîtrise et un savoir-faire parfaits, la tourmentant de caresses enivrantes jusqu'à ce que ses cris de plaisir emplissent la chambre.

Certes, il n'imaginait pas qu'elle puisse être vierge. À la réflexion, cette circonstance inattendue jouait plutôt en sa faveur. Sa demande en mariage devenait plus vraisemblable.

Il fallait fixer une date le plus vite possible. Ensuite, il ne resterait plus qu'à persuader Imma de signer les papiers.

Et tout serait terminé.

Les Trapani seraient vengés.

Il savourerait sa victoire avec Ciro en fumant un bon cigare, avec un verre de bourbon que son frère aimait tant. Pour l'instant, d'autres plaisirs l'attendaient, songea-t-il avec une poussée d'adrénaline.

Pourquoi ne profiterait-il pas de ce qui s'offrait à lui ?

Il glissa un regard vers la salle de bains. Finalement, il allait peut-être rejoindre Imma sous la douche…

Mais juste comme il repoussait le drap, la porte s'ouvrit. Quelle déception ! Contrairement à la veille, Imma apparut habillée, d'une jolie robe blanche qui lui seyait à ravir.

Il se renfonça contre les oreillers, et lui sourit.

— Bonjour.

Elle ne bougea pas et resta sur le seuil.

— Bonjour, répondit-elle, la mine sévère.

— Tu as bien dormi ?

— Oui, merci.

— Tout va bien ?

À son soulagement, elle hocha la tête. Malgré tout, elle paraissait tendue.

— Vicè, quand tu m'as parlé de mariage, hier, tu le pensais sincèrement ? lança-t-elle à brûle-pourpoint.

— Bien sûr.

Il se leva et traversa la pièce à sa rencontre.

— Je souhaite d'ailleurs t'épouser le plus vite possible. Seulement…

Un sentiment de triomphe envahit Vicè. *Il avait réussi.* Imma avait mordu à l'hameçon. Il avait pratiquement récupéré l'entreprise de son père.

— Seulement quoi ?

— Eh bien, tu n'as pas répondu à ma demande !

— Avant de te donner ma réponse, j'ai quelque chose à faire.

Vicè s'embrasa tandis qu'elle approchait. *Allait-elle… ?*

De but en blanc, elle le gifla en pleine figure.

Il poussa un juron.

— Que… ?

— Tu es un *monstre.*

La douceur d'Imma s'était muée en fureur froide.

— Et ton frère aussi. Vous êtes abjects, tous les deux.

Et elle le frappa sur l'autre joue, aussi violemment.

— Comment a-t-il pu lui faire cela ? Comment pouvez-vous être aussi cruels ?

Abasourdi, submergé par un mélange de panique et de confusion, il lui saisit le poignet.

— Que se passe-t-il ? Je…

— *Basta !* coupa-t-elle en se dégageant. Cela suffit ! J'en ai assez de tes mensonges, Vicenzu. Je sais tout. J'ai lu les textos que tu as envoyés à ton frère. J'ai aussi écouté son message vocal.

Vicè se figea quand elle sortit son portable de sa poche.

— Tu ne l'avais même pas verrouillé, reprit-elle. Pourquoi te méfierais-tu d'une ingénue assez sotte pour t'offrir sa virginité en cadeau, n'est-ce pas ?

— Ne sois pas injuste ! rugit-il. Si tu m'avais prévenu, j'aurais…

— Tu aurais fait quoi ? s'écria-t-elle en croisant les bras.

Ses yeux verts lançaient des éclairs de mépris.

— Tu m'aurais laissée là pour rentrer chez toi ? En oubliant l'oliveraie et ta précieuse huilerie ? Non, je ne crois pas, ironisa-t-elle. Tu attaches trop d'importance aux biens matériels.

Vicè accusa le coup. Elle avait raison.

En même temps, cette conversation aurait eu lieu un jour ou l'autre. Imma et lui n'étaient pas destinés à célébrer leurs noces d'émeraude, comme ses parents.

Il se remémora sa dernière visite dans la demeure familiale. Son père lui avait paru fatigué, beaucoup moins alerte qu'à l'accoutumée. Pour se tranquilliser, il avait mis cela sur le compte du vieillissement.

Hélas, Alessandro ne vieillirait pas. Par sa faute, dans une certaine mesure, mais surtout à cause de Cesare Buscetta.

Imma brandit son téléphone.

— Tu as besoin que je te rafraîchisse la mémoire ?

— Je me souviens parfaitement de ce que j'ai écrit, répondit-il froidement.

Il croisa son regard assassin. Puis, avec une nonchalance délibérée, il ramassa ses vêtements et s'habilla.

— Le pire, c'est que je connaissais déjà ta réputation, reprit-elle. Je *savais* qu'il ne fallait pas te faire confiance. Mais tu as réussi à me persuader que tu n'étais pas seulement le play-boy superficiel de La Dolce Vita. Tu m'as volontairement mystifiée.

Malgré sa colère, Vicè regardait, fasciné, ses cheveux humides former des auréoles transparentes sur sa robe blanche.

Elle le toisa avec une expression de dégoût.

— En fait, tu es non seulement un play-boy superficiel, mais un menteur dénué de moralité.

— Dit la femme qui n'a pas daigné me prévenir qu'elle était vierge, rétorqua-t-il en s'emportant.

Il était d'autant plus furieux qu'il avait tort. Car il avait délibérément séduit Immacolata. Il ne lui avait laissé aucun répit pendant la réception, la charmant avec un sang-froid impardonnable en ne poursuivant qu'un seul but, coucher avec elle.

Il se justifiait en se répétant qu'elle le méritait, puisqu'elle était complice des agissements de son père.

Tout avait basculé au moment où elle lui avait révélé qu'il était son premier amant. Il s'était alors senti très coupable.

— Tu aurais dû me le dire, lui reprocha-t-il.

Elle plissa les yeux.

— Qu'est-ce que cela aurait changé ?

Comment pouvait-elle poser une question aussi naïve ?

— C'était important pour moi de le savoir ! tonna-t-il.

— Oh ! il s'agit de toi, encore et toujours ! Toi et ta stupide vendetta. Tu m'as menti, Vicè. Et j'ignorerais encore la vérité si je n'avais percé à jour ta machination. Quelques pétales de roses sur le lit et une lumière tamisée n'auraient strictement rien changé.

Porca miseria ! Elle faisait semblant de ne pas comprendre. Pourquoi le provoquait-elle ?

Il choisit de riposter.

— D'accord, j'ai menti. Et après ? Toi aussi tu mens. Tout le temps. À moi. Aux autres. À toi-même…

— Pardon ?

— Comment oses-tu prétendre que ton père regrette de ne pas avoir aidé le mien plus tôt ? Comme s'il l'avait *aidé* ! Quelle farce ! Tu as fermé les yeux, mais tu n'es pas innocente pour autant. Cesare a harcelé mon père sans relâche, mois après mois. Alessandro est mort par sa faute, tu le sais très bien.

— C'est faux. *Papà* m'a tout expliqué. Quand Alessandro est venu le voir, il s'était déjà endetté au-delà des limites du raisonnable.

Elle lui lança un regard noir.

— Pourquoi n'a-t-il pas mis ses fils au courant ? Vous ne pouviez rien pour lui ?

La remarque blessa cruellement Vicè. Comment avait-elle perçu ce qu'il essayait désespérément de cacher ? Loin d'être le fils dont son père avait besoin, il avait au contraire été un fardeau supplémentaire. Alessandro s'était isolé dans ses problèmes en voulant l'épargner et le protéger.

— Ton père est un voleur et un voyou, articula-t-il lentement. Il s'est emparé de l'affaire fondée par mon arrière-grand-père et de la maison où mes parents ont vécu tout au long de leur mariage. Ma mère a tout perdu à cause de lui.

Imma blêmit. Puis elle se ressaisit et redressa fièrement le menton.

— Ta mère est aussi dans la manigance ?

Le poids qui oppressait Vicè l'empêchait de respirer.

— *Quoi ?* Non, ma mère est une sainte. C'est la personne la plus adorable du monde.

— Il me semblait bien.

Une ombre voila le regard d'Imma.

— C'est pour elle que nous allons nous marier, ajouta-t-elle.

Vicè la dévisagea d'un air totalement déconcerté. *Elle voulait quand même se marier ?* Elle plaisantait ?

Comme si elle lisait dans son esprit, elle éclata d'un rire sans joie.

— Qu'y a-t-il, Vicè ? Tu ne veux plus ?

La gorgé nouée, Imma avait du mal à parler. Elle pouvait à peine respirer. Elle ne voyait que haine et hostilité dans les yeux où elle avait cru voir de l'amour seulement quelques heures plus tôt.

Quelle idiote. Comme si ce bel homme en colère se souciait de percer ses défenses pour découvrir les trésors de sensibilité sous sa gaucherie !

Cette nuit avait été tellement miraculeuse, inoubliable, qu'elle avait l'impression d'avoir vécu un rêve éveillé.

Maintenant, elle plongeait dans un cauchemar qu'elle avait créé elle-même et auquel il n'y avait aucune issue.

Si seulement elle pouvait remonter le temps, jusqu'au moment qui avait précédé l'appel de Claudia. Quand, pelotonnée au creux des bras de Vicè, elle avait encore son cœur et sa fierté intacts.

Mais il était trop tard pour les regrets. Tout ce qui comptait, maintenant, c'était de le faire payer.

— Tu es sans âme, comme le reste de ta famille corrompue, accusa-t-il rageusement.

— Tu n'es rien pour moi.

Il l'avait dupée d'une manière éhontée, et elle était tombée dans le piège. L'humiliation, cuisante, lui donnait la nausée.

Il avança d'un pas.

— Quelle bonne raison pour se marier ! railla-t-il.

— Je te rends la monnaie de ta pièce. Tu m'as séduite avec des arguments fallacieux. Au moins, nous sommes tous les deux lucides, à présent.

Il secoua la tête.

— Tu avais du désir aussi.

Quel beau parleur ! Si convaincant… Pour un peu, elle s'y laisserait encore prendre.

— Tu ne voulais que l'affaire de mon père.

— Du *mien*, corrigea-t-il férocement.

— Il fallait me proposer un prix.

— Je n'ai pas l'intention de racheter ce qui m'a été volé.

La dureté de Vicè l'ulcérait. Les larmes aux yeux, elle battit furieusement des paupières. À aucun prix elle ne voulait se montrer faible.

— Finalement, c'est moi qui ai payé. De ma virginité.

Un mélange de honte et de tristesse l'assaillit au souvenir de la jouissance qui l'avait emportée.

— Le prix était-il assez élevé ? se moqua-t-elle.

Il demeura de marbre.

— Pour la dernière fois, je ne me doutais pas que tu étais vierge.

— Ne fais pas semblant d'avoir une conscience, Vicenzu.

La douleur et la désillusion alimentaient sa colère.

— Tu m'épouseras, puisque telle était ton intention. Mais à mes conditions, pas les tiennes. Si tu refuses, j'irai voir ta mère pour lui raconter comment vous vous êtes conduits, toi et ton frère. Je lui dirai quel genre d'hommes sont devenus les fils qu'elle a élevés.

Naturellement, c'était une menace en l'air. Elle n'avait pas plus envie de se marier que d'infliger du mal à Audenzia. Mais elle voulait faire souffrir Vicenzu autant qu'elle avait souffert et elle ne voyait pas d'autre moyen.

— Tu es pire que ton père, dit-il d'une voix impitoyable.

Sa morgue n'avait donc pas de limites ? Elle lui jeta son téléphone.

— Je te hais, Vicenzu.

Un rictus méprisant étira la bouche de cet homme qui l'avait embrassée passionnément quelques heures plus tôt.

— Tel père, telle fille. Vous recourez aux menaces et à la violence pour parvenir à vos fins.

— Tu es mal placé pour porter un jugement ! Il faut être fou pour manigancer le piège que tu m'as tendu. Comment peux-tu être aussi cruel ?

— Moi, *cruel* ? s'exclama-t-il. Non, je suis un amateur, *cara*.

Il tapa sur une icône de son portable et fit défiler l'écran.

— Lis, puisque tu t'intéresses à mes messages. Tu me diras qui est le méchant.

Elle prit le téléphone tout en reculant d'un air affolé.

— Inutile. Je sais parfaitement à quoi m'en tenir.

Elle s'éloigna d'un pas vif, sans savoir où elle allait mais pour mettre le plus de distance possible entre elle et lui. Elle ne voulait plus avoir sous les yeux la vivante preuve du naufrage de ses rêves romantiques.

La rattraperait-il, comme la veille ? Incorrigible naïve, elle l'espérait à demi. Elle savait pourtant bien qu'il avait joué la comédie pour récupérer l'affaire familiale.

Par n'importe quel moyen.

En couchant avec elle, par exemple.

La conscience d'avoir été manipulée lui donnait envie de vomir.

Dire qu'elle avait cru choisir sa première fois lucidement et se libérer ainsi des affres de la traditionnelle nuit de noces… Elle avait fait preuve d'une crédulité inqualifiable en donnant sa confiance à Vicenzu Trapani.

Au mariage de sa sœur, quand il s'était avancé avec son

beau sourire qui recelait tant de promesses de bonheur, elle était tombée sous le charme.

De grosses larmes roulaient sur ses joues lorsqu'elle sortit sur la terrasse. Elle les essuya furieusement.

Elle s'était montrée vaniteuse et entêtée. Ignorant les avertissements de son père, elle avait succombé aux flatteries de Vicè et méritait sa punition. Mais pas Claudia…

De gros sanglots la secouèrent. Elle avait laissé tomber sa sœur, brisé sa promesse.

Elle n'avait que huit ans lorsqu'elle avait promis à sa mère mourante de toujours veiller sur sa sœur cadette. Elle avait juré de la protéger et d'en prendre soin dans ce monde injuste et cruel qui les rendait orphelines de mère.

Elle avait tenu parole. À l'école et à la maison, la défendant contre les éclats de Cesare et développant sa confiance en elle en encourageant son goût pour la cuisine et le jardinage.

Malheureusement, elle avait failli.

L'aiguillon de la culpabilité la transperça tandis qu'elle se remémorait la voix dévastée de Claudia. Sa sœur demeurait sa priorité. Elle ferait ce qu'elle demandait. Il fallait l'aider. Ensuite, elle affronterait son père.

Mais d'abord…

Sur le portable de Vicè, elle consulta les mails que Vito Neglia, le notaire de la famille, avait échangés avec Ciro et Vicenzu, ainsi qu'avec Alessandro.

Alessandro Trapani avait joué de malchance. Une machine avait cassé, et il avait emprunté une grosse somme à la banque. Ensuite, des accidents de travail s'étaient ajoutés à de nouveaux problèmes mécaniques. Ses ennuis avaient commencé avec des difficultés de remboursement.

Imma sursauta en voyant le nom de son père. Mais non, elle ne s'était pas trompée. Cesare avait renfloué les finances d'Alessandro en rachetant son affaire avec la propriété. Elle inspira profondément. Son père lui avait bien expliqué la situation.

Son soulagement fut de courte durée. Elle découvrit ensuite des détails très gênants.

Dans un premier temps, Alessandro avait refusé la proposition de Cesare. Puis il était retourné vers lui quand, ne pouvant payer un de ses fournisseurs, il s'était retrouvé acculé à la faillite, avec la banque qui réclamait des traites non honorées.

Cesare avait alors baissé son offre de 20 %…

Alessandro n'avait pas eu d'autre choix que d'accepter.

Le monde du business ne connaissait pas la pitié, se dit Imma en ignorant une désagréable sensation de lourdeur. Dans les circonstances inverses, Alessandro aurait probablement agi de même…

Apparemment, Neglia ne partageait pas cet avis.

Il avait mené son enquête et découvert que les employés de Trapani avaient été soudoyés pour saboter les machines. Même sans preuve directe de l'intervention de Cesare, il ne doutait pas de sa culpabilité.

Moite de transpiration, Imma se sentit prise de vertige.

Elle ne voulait pas y croire.

Elle devait pourtant se rendre à l'évidence. Le faisceau des coïncidences accusait clairement son père. Non content de s'emparer de l'affaire d'Alessandro Trapani, il avait aussi jeté son dévolu sur sa maison. Tant d'avidité lui brisait le cœur.

Comment s'étonner que Ciro et Vicè le haïssent ? Néanmoins, cela ne leur donnait pas le droit de se venger sur elle et Claudia.

Malgré tout ce qu'elle venait de lire, Imma n'arrivait pas à condamner son père, ni à le détester. Ce n'était certes pas une excuse, mais il avait agi pour sa sœur et elle.

Cesare n'était pas stupide. Il connaissait les rumeurs qui

couraient sur ses « amis » peu recommandables et leur trafic louche. Soucieux d'offrir d'autres perspectives à ses filles, il leur avait donné une éducation religieuse dans un collège privé et les avait élevées comme des princesses dans une tour d'ivoire.

En leur offrant une entreprise « propre » et une vénérable propriété familiale, il les propulsait dans la respectabilité.

Comme le monde semblait fragile, tout à coup…

Imma s'obligea à respirer.

Elle ne pouvait pas haïr son père, mais elle ne pouvait plus imaginer rentrer à la maison. Elle avait besoin de recul et de temps pour réfléchir.

À son avenir.

Elle s'écroula dans un fauteuil, les bras croisés, comme si elle avait froid. Brusquement, elle se sentait incroyablement fatiguée. Elle ne savait plus qui elle était ni ce qu'elle voulait.

Son cœur battait à tout rompre. Même si elle s'était trompée sur le compte de Vicè, elle ne regrettait pas ce qui s'était passé. L'initiation à la sexualité lui révélait une part inconnue d'elle-même, dont elle ne soupçonnait pas l'existence.

Elle découvrait une femme extraordinairement vivante, exigeante, qui lui plaisait beaucoup et qu'elle avait envie de connaître mieux.

Oui, elle avait vraiment besoin de temps et de recul.

Ce ne serait pas possible à la maison avec *papà*. Tôt ou tard, il faudrait pourtant lui dire qu'elle avait couché avec Vicè… Ce qui n'empêcherait pas Cesare de la marier à un d'autre.

Elle se calma un peu et se redressa en se mordant la lèvre, tout en écoutant le bruissement des vagues, au loin.

Elle avait choisi la bonne solution…

Les mâchoires serrées, Vicè réfléchissait, les yeux dans le vide.

Encore sous le choc, il avait du mal à croire à ce qui arrivait.

Alors que tout s'était si bien déroulé.

Tout.

Imma avait même accepté de l'épouser.

Ses joues le brûlaient encore, et son ultimatum résonnait à ses oreilles.

Derrière lui, les draps froissés, en désordre, semblaient le narguer. Il s'éloigna d'un pas vif et ouvrit la porte.

Tout était sa faute. À lui.

Non, à elle.

Si elle avait eu l'honnêteté de lui dire que c'était sa première fois, il n'aurait pas été déstabilisé.

Il aurait peut-être pensé à éteindre son portable.

Comment avait-il pu être aussi négligent ? Ciro serait furieux, quand il l'apprendrait. Ils risquaient de se brouiller à vie.

Heureusement, avec son efficacité coutumière, son frère avait déjà récupéré la maison.

Mais lui n'avait strictement rien obtenu.

Niente !

Dans quel guêpier s'était-il fourré ? Il se retrouvait coincé sur une petite île avec une femme qui lui en voulait à mort.

Il ne se remettait pas du choc d'avoir été démasqué. Il avait aussi terriblement peur qu'Imma parle à sa mère, quoiqu'elle bluffât certainement.

Pire que tout, il était vexé d'avoir gâché à tout jamais la passion désinhibée qu'il avait allumée en elle. À présent, elle l'écrasait d'un mépris total, irrémédiable. En toute logique, il n'aurait pas dû en être affecté, mais il ne pouvait pas s'empêcher de se sentir coupable.

Alors que le méchant dans cette histoire était Cesare Buscetta.

Un téléphone vibra sur une table basse. C'était le sien, qu'Imma avait rapporté tout à l'heure, la mine maussade. Il découvrit un message de Ciro.

Je ne peux pas parler librement, mais tout a tourné à la catastrophe ici. Alors, dépêche-toi d'en finir de ton côté.

Un instant, Vicè hésita à appeler son frère, puis renonça. Il devait d'abord recouvrer ses esprits.

Neuf semaines plus tôt, il aurait jeté l'éponge. À ce moment-là, son père vivait encore.

Rejetant la tête en arrière, il ferma les paupières. La mort d'Alessandro lui paraissait encore irréelle. Son père, le meilleur des hommes, avait été son mentor, son défenseur, son héros.

Sa respiration se fit irrégulière. Il avait depuis longtemps abandonné tout espoir de l'égaler, mais il se devait d'honorer sa mémoire. Il lutterait pied à pied avec Imma.

Folle de rage, tout à l'heure, elle avait perdu tout self-control, au point de retourner contre lui l'arme qu'il avait choisie. Eh bien soit, il l'épouserait, mais elle s'en mordrait les doigts. Car il divorcerait et repartirait victorieux, propriétaire de la Trapani Olive Oil Company.

Il la trouva au bord de la piscine. Avec ses longs cheveux répandus sur ses épaules et sa robe blanche, Elle semblait aussi jeune et innocente que le suggérait son prénom. Sa frêle silhouette lui faisait penser aux longues tiges délicates des pois de senteur, les fleurs préférées de sa mère.

L'avait-elle réellement menacé de tout raconter à Audenzia ? Cela semblait improbable, mais pas impossible.

Elle se tourna vers lui dans une posture défensive. Elle avait pleuré.

— J'ai lu les mails, dit-elle calmement.

Il refoula un sentiment de culpabilité désagréable. Tant pis si la vérité faisait mal à Imma. Sa mère souffrait bien davantage d'avoir perdu son mari et la demeure où elle avait vécu avec lui.

— Je suis désolée pour ce qu'a fait mon père. Et je regrette ce que j'ai dit tout à l'heure. J'étais furieuse. Ta mère n'a évidemment rien à voir avec cette histoire, et je me garderais bien de punir une innocente.

Son attitude le surprit. Il ne s'attendait pas à des excuses de la part d'une Buscetta. Mais il ne s'en contenterait pas.

— Et le mariage ? C'est toujours d'actualité ? ironisa-t-il.

Elle haussa les épaules.

— Pourquoi pas ? Mon père est un Sicilien traditionnel. Après ce qui s'est passé entre nous, il ne va pas me laisser le choix. Soit je t'épouse, soit il me trouve vite un autre mari.

Elle eut un sourire contraint.

— La première solution est sans doute un moindre mal.

Il encaissa le coup. Jamais on ne lui avait parlé sur ce ton.

— Si nous nous marions, reprit-elle, ce sera de pure forme.

— Comment cela ? explosa-t-il, piqué au vif par son comportement hautain.

Ignorant son interruption, elle poursuivit avec froideur.

— J'y mets une condition.

— Laquelle ?

— Notre mariage durera un an. Cela me paraît suffisant pour paraître authentique. En harmonisant nos agendas, nous devrions limiter les contacts au strict nécessaire.

Il la fixa. Elle avait un toupet monstre.

— Moi aussi, j'ai une condition, dit-il d'une voix

doucereuse. Je veux un contrat stipulant que tu me céderas la Trapani Olive Oil Company quand nous divorcerons.

Elle marqua un temps d'arrêt.

— Tu ne peux pas exiger…

— Si, coupa-t-il. Il me faut une motivation pour accepter ta proposition.

Elle se mordit la lèvre.

— Sinon, tu as un autre moyen pour me persuader… Le sexe.

Elle rougit violemment.

— Non merci.

— Dommage, commenta-t-il nonchalamment. J'attendrai la nuit de noces.

— Nous ferons chambre à part, Vicè. Au risque de me répéter, je me marie par convention. Il n'est pas question de dormir dans le même lit.

Vicè ne supporterait pas une aussi longue abstinence. Ciro lui avait déjà imposé un célibat de neuf semaines pour éviter tout scandale qui aurait compromis ses chances auprès d'Imma…

— Et je t'interdis d'avoir des maîtresses, ajouta-t-elle sèchement. Je ne veux pas que le nom de ma famille soit traîné dans la boue à cause de ta vie dissolue.

Il la foudroya du regard.

— À ta place, cela ne m'inquièterait pas, *cara*. Ton père l'a déjà sali de façon irrémédiable.

Elle devint livide.

— Cette remarque est plutôt malvenue de la part d'un homme qui a séduit une ingénue pour se venger, rétorqua-t-elle.

Il demeura impassible.

Elle regarda l'heure ostensiblement à son poignet.

— Si tu n'as plus d'insultes à me jeter à la figure, réponds-moi simplement. Oui ou non.

Non. Jamais. Pourquoi accepterait-il ?

Il songea à l'existence qu'il menait avant… *La dolce vita.* Une vie de plaisirs.

Puis il pensa à sa mère, à son père et à la promesse faite à son frère.

— Oui, dit-il.

5.

Elle allait vraiment le faire…

Tout en regardant par la vitre du taxi, Imma resserra les doigts sur le petit bouquet de muguet, sur ses genoux. Assis à côté d'elle, les yeux masqués par des lunettes noires, Vicè lui tenait la main ostensiblement.

Il avait l'air du jeune marié idéal. Jeune, beau, impatient d'épouser celle qu'il aimait.

Sa gorge se serra douloureusement. Il jouait bien la comédie.

Ils avaient quitté l'île pour revenir sur le continent et « emprunter » le jet privé de Cesare afin de se rendre à Gibraltar. Arrivés tard dans la nuit, ils avaient dormi dans un hôtel discret, près des jardins botaniques d'Alameda.

Dans des chambres séparées.

Non que ce fût nécessaire. Vicè se montrait galant et attentif en public, mais l'ignorait dès qu'ils étaient seuls, lui préférant l'écran de son portable.

Contre toute logique, Imma en souffrait.

Stupidement.

Elle n'avait aucune raison de regretter une intimité fausse et illusoire.

Les préparatifs s'étaient déroulés très vite, en secret. Elle ne voulait surtout pas que Cesare découvre quoi que ce soit et s'interpose.

Elle avait mal chaque fois qu'elle pensait à son père.

Elle l'aimait toujours, mais n'avait plus confiance en lui et n'avait pas envie de le voir. Elle était trop déçue et en colère, avec la terrible impression d'avoir été trahie.

Désemparée par ses agissements envers Alessandro, elle avait résolu de se démarquer nettement de l'autorité paternelle, en acceptant de remettre l'entreprise entre les mains de Vicè au bout d'une année.

Si elle s'était écoutée, elle l'aurait même donnée tout de suite pour lever tout malentendu. Mais Vicè ne méritait pas ce cadeau.

En d'autres circonstances, ce mariage à la sauvette aurait semblé délicieusement excitant et romantique. En l'occurrence, Imma avait plutôt honte de ces cachotteries.

Après avoir envoyé un texto à son père disant qu'elle était à la villa, elle avait guetté nerveusement ses réactions.

Elle s'inquiétait pour rien. Dans un long message vocal qu'elle venait d'écouter, il expliquait avec beaucoup d'entrain qu'il était à la chasse au sanglier dans la propriété des Di Gualtieri.

Elle frissonna. Stefano Di Gualtieri, un propriétaire terrien fabuleusement riche, appartenait à l'une des plus anciennes familles nobles de Sicile. Du même âge que son père, c'était un horrible barbon doublé d'un snob épouvantable. Elle ne s'en était pas cachée à Cesare, qui persistait néanmoins à l'envisager comme gendre potentiel.

Imma soupira en s'efforçant de calmer son agitation. Si son père avait su ce qu'elle s'apprêtait à faire…

Elle redoutait les foudres paternelles, mais d'autres raisons la poussaient à garder ses distances le plus longtemps possible. La lecture de ces mails l'avait terriblement perturbée. Le monde dans lequel elle avait évolué lui paraissait brusquement aussi fragile que les fleurs délicates de son bouquet.

Elle croyait connaître son père, ses sautes d'humeur

imprévisibles, son caractère emporté et son instinct surprotecteur, parfois étouffant. En réalité, elle ignorait beaucoup de choses.

Des rumeurs lui étaient parfois revenues aux oreilles, que Cesare balayait toujours d'un revers de main. Oui, il avait des amis dont la réputation laissait à désirer. Mais il avait grandi dans un milieu très rude et ne reniait pas ses anciens copains. Il était fidèle en amitié.

Les gens jasent parce qu'ils sont jaloux, piccioncina mia. *Ils ne m'aiment pas parce que je suis un* self-made man, *sorti du ruisseau à la force des poignets. Alors, ils fouillent dans mon passé… inventent toutes sortes d'histoires.*

La découverte de la malhonnêteté de son père la rendait malade. Elle ne lui pardonnait pas d'avoir menti et se vengeait en épousant Vicè. Du même coup, elle échappait au mariage qu'il prévoyait pour elle. Elle aurait au moins gagné la liberté de choisir ce qu'elle ferait ensuite.

Vicè et elle avaient déjà signé leur contrat devant notaire. Il ne leur restait plus qu'à s'enregistrer à la mairie.

Elle s'agita nerveusement sur la banquette. Elle détestait sa robe à pois bleu marine, beaucoup trop sage, la même qu'elle portait pour le mariage de Claudia. Elle symbolisait désormais la destruction des rêves romantiques de sa petite sœur. Et des siens… Car pendant quelques heures trop brèves, Imma avait sincèrement cru que Vicè s'intéressait à elle.

Elle n'avait pas voulu s'acheter une autre robe. Le souvenir de son humiliation lui épargnerait de renouveler la même erreur. Désormais, elle veillerait à rester lucide et à ne pas se laisser égarer par la vanité. De toute manière, aucune toilette n'aurait convenu pour ce mariage arrangé…

L'angoisse monta, lui nouant l'estomac. Il était encore temps de tout arrêter, de demander au chauffeur de se garer.

Et ensuite ?

Pouvait-elle encore renouer les fils de son existence comme si de rien n'était ?

Elle se redressa en faisant le vide dans son esprit. Où aller ? Que faire ?

Il fallait franchir le pas et se marier. Il n'y avait pas d'autre solution.

Cela lui laisserait le temps d'aviser, de trouver des réponses aux questions qui tourbillonnaient dans sa tête.

Vicè se crispa quand Imma bougea à côté de lui. Elle jouait bien la comédie. À la voir, personne n'aurait deviné qu'elle se mariait uniquement par dépit.

Il sentit son téléphone dans la poche intérieure de sa veste et repensa au message de son frère.

« J'ai récupéré la maison. Tiens ta promesse. »

Évidemment, la nouvelle lui faisait plaisir. Pourtant, il aurait été tellement soulagé si, pour une fois, son frère avait échoué… Mais tout réussissait toujours à Ciro.

Sur le trottoir, un groupe de jeunes riaient et s'amusaient. Il leur envia leur belle insouciance, alors qu'il s'apprêtait à épouser une femme qu'il détestait et qui le lui rendait bien.

Malgré tout, cela en valait la peine. Dans un an, sa famille aurait repris possession de la Trapani Olive Oil Company.

— Nous voici arrivés.

Imma se tourna vers lui avec un sourire. Comme elle était belle… Sa gorge se serra. Elle n'aurait pas dû s'abaisser à ce mariage absurde. Où était son père ? Et ses gardes du corps ? N'y avait-il personne pour l'empêcher de commettre cette sottise ?

Il se remémora son expression lorsqu'il lui avait fait l'amour, la première fois. Une ombre avait voilé ses magnifiques yeux émeraude, révélant brusquement sa vulnérabilité. À ce moment-là, il avait totalement oublié

Cesare et Alessandro. Plus rien ne comptait, que les frissons de plaisir qui couraient sur sa peau et la passion qui montait et les aveuglait.

— Nous pourrions patienter un peu, suggéra-t-il. Organiser une cérémonie plus solennelle.

— Nous n'avons pas le temps, trancha-t-elle. Mon père est intraitable. Il s'opposera par tous les moyens à une décision qui ne vient pas de lui. Seul un certificat de mariage aura raison de son intransigeance.

Elle le scruta en fronçant les sourcils.

— C'est peut-être précipité, mais, contrairement à toi, je n'ai pas eu deux mois pour réfléchir.

La cérémonie fut brève et fonctionnelle.

L'officier d'état civil, une femme dans la cinquantaine, agréable, prononça les questions d'une voix claire et sûre, et attendit successivement leurs réponses. Tout se passa en anglais, qu'ils maîtrisaient parfaitement l'un et l'autre. Malgré tout, l'usage d'une langue étrangère accentuait l'aspect étrange et pragmatique de leur démarche.

— Immacolata et Vicenzu, vous avez prêté serment, je vous déclare mari et femme. Maintenant vous pouvez vous embrasser pour sceller votre promesse.

L'expression d'Imma ne changea pas, mais elle trembla comme une fleur fragile dans la brise.

C'est juste un baiser, se dit Vicè.

Il se contenterait d'effleurer sa bouche… Mais dès que leurs lèvres se touchèrent, un désir fou le transperça.

Instinctivement, il glissa une main sur sa hanche pour la serrer contre lui.

Oh ! que faisait-il ? Il ne pouvait pas s'en empêcher, comme si une force mystérieuse, incontrôlable, le poussait.

Il avait une peur irraisonnée de la perdre et ne voulait plus la lâcher. Quand elle céda à la pression de son baiser, il enfouit avidement les doigts dans la masse soyeuse de ses cheveux.

Le cœur battant, il était soudain obsédé par la tiédeur de son corps de femme, incapable de penser à rien d'autre.

Il entendit vaguement quelqu'un tousser et finit par reprendre ses esprits. Imma le fixait en tremblant comme une feuille. Dieu sait ce qui serait arrivé s'ils ne s'étaient pas trouvés dans un lieu public.

La fonctionnaire se gratta la gorge.

— Si vous voulez bien apposer vos signatures au bas de ce document… Ensuite, ce sera terminé.

Elle leur sourit.

— Vous avez certainement des projets pour cette belle journée.

Vicè hocha la tête. Hélas, ce qu'il avait en tête n'avait aucune chance de se réaliser…

Imma se renfonça nonchalamment dans son siège en regardant le ciel bleu par le hublot. Malgré les apparences, elle était sur des charbons ardents et guettait impatiemment le retour de Vicè.

Ils avaient regagné le petit aéroport privé immédiatement après la cérémonie. Vicè n'avait pas lâché sa main de tout le trajet. Mais dès qu'ils étaient montés à bord, il s'était éclipsé sous le prétexte de se changer.

En réalité, ils avaient l'un et l'autre besoin de quelques instants de tranquillité pour contacter leurs familles respectives.

Elle tressaillit en entendant des pas dans l'allée. C'était seulement Fedele, le steward, qui apportait un plateau avec une cafetière et des tasses.

— Je vous présente à nouveau toutes mes félicitations,

signorina Buscetta… c'est-à-dire… *signora* Trapani. Désirez-vous une pâtisserie ou des fruits ?

— Non merci, Fedele. Remerciez l'équipage de ma part pour leurs souhaits de bonheur.

Ils avaient accueilli la nouvelle avec un plaisir poli et certainement sincère. Son père, en revanche, l'avait agonie de menaces et de reproches, en tonitruant pendant une bonne dizaine de minutes.

N'importe quel autre jour, elle aurait tenté d'arrêter ce torrent de paroles et de l'apaiser.

Pas aujourd'hui.

Probablement rattrapée par la fatigue et la tension nerveuse des dernières heures, et craignant sans doute de trahir la vérité, elle s'était contentée d'attendre que le flot se tarisse.

À la fin, étonné par son silence, il s'était calmé.

— Ce garçon… ce Trapani… il t'aime ?

— Oui, *papà*.

Il avait émis une sorte de grognement indistinct.

— Et toi, tu l'aimes ?

— Oui.

Il avait soupiré.

— Eh bien, ce qui est fait est fait. Si tu es heureuse…

Il avait été plus facile de mentir qu'elle ne pensait.

Pourtant, elle ne pouvait pas se remémorer sans une cuisante douleur la parodie des serments échangés avec Vicè. Sur le moment, tout avait semblé irréel, comme noyé dans le brouillard.

Jusqu'à ce que Vicè l'embrasse.

Son contact l'avait enflammée, littéralement. Ce baiser avait le goût de la liberté et recelait des dangers inconnus, tout en offrant en même temps un refuge rassurant.

Elle n'avait pas résisté.

Un frisson la parcourut tandis qu'elle réprimait un désir qui la liquéfiait.

Elle rougit violemment. Comment était-ce possible ? Après avoir été manipulée d'une manière aussi éhontée ?

Cela n'avait aucun sens. Pourtant, c'était la vérité. Elle pouvait mentir au reste du monde, mais pas à elle-même.

Elle avait beau détester cet homme, chaque fibre de son être le désirait, avec une intensité incroyable.

Cela avait été si simple, naturel, de l'embrasser… *Facile come bere un bicchiere d'acqua*, avait coutume de dire son père quand il se targuait d'avoir conclu une affaire.

Sans doute avait-elle réagi par une sorte de réflexe incompréhensible. Cela ne se reproduirait pas.

— Alors, cela s'est passé comment ?

La voix moqueuse de Vicè la ramena à la réalité.

Il portait un jean et un T-shirt bleu marine ordinaires, mais qui faisaient ressortir sa musculature sculpturale. La bouche sèche, Imma surmonta son trouble à grand-peine pendant qu'il s'asseyait en face d'elle.

— Bien, répondit-elle. Et toi ?

Ignorant la question, il servit le café.

— Tu l'aimes comment ? murmura-t-il. Non, ne me dis rien… Je sais déjà.

Une douce langueur envahit Imma. De quoi parlait-il ?

— Noir, avec très peu de sucre, reprit-il.

Il soutint son regard avec une pointe de malice. Il ne boudait plus et avait abandonné sa réserve distante pour retrouver son comportement habituel. Malgré elle, Imma se réchauffait à son contact.

Elle s'en voulait car il le sentait. Les poils se hérissèrent sur ses bras. C'était elle qui avait dicté les termes de ce mariage et qui contrôlait la situation. Pourquoi avait-elle l'impression d'être un jouet entre ses mains ?

Tout à coup, elle se demanda si elle avait pris la bonne décision.

— Marianna te l'a dit, remarqua-t-elle en rougissant.

Ses yeux n'avaient pas quitté sa bouche.

— Pas du tout. Tu es ma femme. Je présume que tu as les mêmes goûts que moi. Tu aimes le café corsé, mais avec un soupçon de douceur.

Il lui tendit une tasse.

Pendant une fraction de seconde, elle hésita à la prendre.

— Merci, dit-elle avec raideur.

Il avait l'air suprêmement à l'aise. Jouait-il la comédie ou avait-il recouvré sa bonne humeur ? Il était impossible de se prononcer. Elle le connaissait si peu…

— Désolé d'avoir mis autant de temps. J'avais besoin de m'éclaircir les idées. Après les émotions de cette merveilleuse cérémonie… Simple, mais magnifiquement romantique.

Vexée par sa raillerie, elle le toisa d'un air glacial.

— C'est tout ce que tu mérites.

Il soutint son regard.

— Si j'avais su que tu voulais me punir, j'aurais imaginé un scénario plus excitant. Et plus satisfaisant pour nous deux.

Le rouge monta aux joues d'Imma, qui fit semblant de ne pas comprendre.

— Nous n'avions pas le choix. Que t'importe la cérémonie, de toute façon ?

— Effectivement, je n'y attache aucune importance, *cara*. Mais toi, avec l'éducation que tu as reçue, tu rêvais sûrement d'autre chose.

Sans crier gare, il se pencha pour caresser une mèche brune. Elle retint son souffle, puis s'écarta vivement.

— Que fais-tu ?

— Tu as des confettis dans les cheveux, murmura-t-il.

Elle contempla songeusement les pétales de roses. Vicè

se trompait. Elle n'avait jamais fantasmé sur le jour de ses noces. Elle se l'interdisait puisque son mari lui serait imposé.

Elle serra les poings.

— Merci de ta sollicitude, Vicenzu. Ne t'inquiète pas, je me rattraperai la prochaine fois, avec le mari que j'aimerai.

Vicenzu la fixa avec une expression interloquée.

La pensée d'Imma avec un autre homme le mettait dans une colère noire, tout à fait irrationnelle. Comme pour le narguer, le sourire provocant qu'elle affichait la rendait encore plus belle et désirable.

Sa bouche sensuelle, l'arc bien dessiné de ses sourcils, le vert intense de ses yeux, tout en elle le captivait. Mais il ne s'agissait pas uniquement de son physique. Sa nature changeante, insaisissable, recelait d'innombrables facettes qu'il avait envie d'explorer à loisir.

Cela faisait longtemps qu'une femme n'avait pas excité un tel désir en lui.

— Quoi qu'il en soit, je serai toujours ton premier amant, celui qu'on n'oublie pas, déclara-t-il ironiquement.

Elle s'empourpra, et il eut un sourire satisfait.

— Où m'emmènes-tu pour notre lune de miel ? lança-t-il.

— Ce n'est *pas* une lune de miel, protesta-t-elle, irritée. Il s'agit d'abord de convaincre tout le monde, et surtout nos parents, que nous sommes vraiment amoureux et que notre mariage est réel. Sinon, tu ne récupéreras pas l'entreprise de ton père, la seule chose qui t'intéresse.

C'était faux. En ce moment précis, il s'intéressait particulièrement au bord de son décolleté. Certes, pendant le voyage jusqu'à Gibraltar, furieux d'avoir perdu la face, il avait surtout pensé à sa vengeance.

Son mariage avec Imma n'était qu'un moyen pour

parvenir à ses fins. Maintenant qu'il l'avait concrétisé, il n'avait plus qu'à attendre un an.

Mais la proximité physique d'Imma suscitait d'autres envies.

— D'accord, soupira-t-il. Mais cela ne me renseigne pas sur notre destination.

Elle lui jeta un regard exaspéré.

— Tu n'as qu'à choisir, si c'est tellement important pour toi.

Il saisit la balle au bond.

— Alors, allons à Portofino. À mon hôtel.

Il avait parlé sans réfléchir, impulsivement, sans doute pour se retrouver sur son propre terrain. Et aussi par orgueil, parce qu'il serait fier de lui montrer La Dolce Vita.

— Cela te pose un problème ? demanda-t-il devant son expression décontenancée.

Le steward apparut juste à ce moment-là.

— *Signora* Trapani… Le chef voudrait savoir s'il peut servir le déjeuner ?

Imma hocha la tête.

— Oui… *grazie*, Fedele.

Il commença à débarrasser la table.

— *Scusa*… Je vous gêne.

Vicè changea de place pour s'installer à côté d'Imma et profita de la présence de Fedele pour la prendre par la taille.

— Nous sommes beaucoup mieux ainsi… N'est-ce pas, *cara* ?

Elle avait certainement l'habitude de feindre ses sentiments car le sourire qu'elle lui adressa aurait convaincu les plus sceptiques.

— Tu peux me lâcher, maintenant, dit-elle après le départ du steward.

— Pourquoi ? Il va revenir d'une minute à l'autre.

Il l'attira contre lui, et leur intimité soudaine la déstabilisa.

— Ne crains rien, *cara*... C'est juste de la mise en scène.

— Je n'ai pas peur, protesta-t-elle vivement.

Elle mentait. Mais elle avait plus peur de ses propres réactions que de lui.

— Bien. Comme tu le disais tout à l'heure, il faut être convaincant. Nous devons nous entraîner.

Il plongea le regard au fond du sien.

— Nous devons nous comporter comme si nous étions absolument fous l'un de l'autre, incapables de maîtriser la passion qui nous emporte...

Ce qui décrivait assez bien ce qu'il ressentait depuis qu'il l'avait rencontrée.

Il se pencha pour enfouir le visage dans ses cheveux.

— Vicè, arrête...

Il n'avait encore rien fait...

Emporté par un désir incoercible, il lui fallut toute la force de sa volonté pour résister au besoin impérieux de capturer sa bouche.

Il s'écarta à grand-peine.

— Alors, allons-nous à Portofino ou pas ?

Elle hésita brièvement, puis hocha la tête.

Il resta impassible.

— Dix jours me semblent suffisants pour une lune de miel. Qu'en penses-tu ?

— Ce sera parfait, acquiesça-t-elle d'une voix rauque.

S'il ne tenait qu'à lui, il passerait au lit chaque minute de ces dix jours...

6.

Il était tard dans l'après-midi quand ils arrivèrent à Gênes. Vicè avait sa voiture à l'aéroport, un cabriolet noir qui surprit Imma par sa simplicité, et ils se dirigèrent vers le sud.

Contrairement à Cesare, qui conduisait agressivement, Vicè se comportait au volant comme dans la vie, avec grâce et fluidité.

Elle l'observa à la dérobée. Ils avaient à peine échangé quelques mots depuis leur départ, mais cela valait mieux. Chaque fois qu'elle entamait une conversation, cela tournait à son désavantage.

Son corps conservait traîtreusement les impressions que leur proximité, dans l'avion, avait instillées en elle. Il faudrait pourtant qu'elle parvienne à se dominer. Vicè n'avait aucun problème pour jouer la comédie en public, mais elle aurait du mal.

Pour lui, cela faisait partie d'un plan de séduction mûrement réfléchi, un piège pour récupérer l'entreprise de son père.

Pour elle, cela revêtait une tout autre signification.

Il l'avait initiée à la sexualité. Elle avait découvert le plaisir des sens et la plénitude extraordinaire de l'acte physique.

Peu importait qu'il ait menti, ce qu'elle avait éprouvé était bien réel. Même si elle connaissait maintenant la vérité, le souvenir de ses émotions, contre toute logique, défiait les faits et le sens commun.

Il lui faudrait établir des règles pour l'avenir et s'y plier rigoureusement. Elle accepterait de jouer son rôle en public uniquement lorsque cela s'avérerait nécessaire.

La voiture ralentit. Ils roulaient à présent sur une route étroite et sinueuse.

Où étaient-ils ? se demanda-t-elle, les mains moites.

Devinant son interrogation muette, Vicè lâcha le volant d'une main pour indiquer le paysage, à travers le pare-brise.

— Portofino.

Elle ne se sentait pas prête. Mais déjà les villas pastel aux persiennes vert foncé défilaient de chaque côté, avec des peintures en trompe-l'œil sur certaines façades.

Le centre de la petite ville ressemblait à un décor de cinéma, avec un mélange de glamour vintage et de discrétion chic. Tout autour de la *piazzetta*, sous les stores rayés des terrasses de café, des femmes en robes blanches et des hommes vêtus de lin se prélassaient dans des fauteuils en bavardant et en buvant des spritz.

Tout baignait dans une ambiance insouciante et détendue. Dans cette partie du monde, la *dolce vita* et le *farniente* étaient un art de vivre.

Quoi de plus naturel que d'habiter là pour un homme tel que Vicè. Un frémissement la parcourut. Puisqu'elle s'appelait *signora* Trapani, elle évoluerait désormais dans cet environnement. Jusque-là, elle n'avait pas réfléchi aux répercussions du mariage sur son quotidien.

Au moins, à Portofino, pour la première fois de son existence, elle serait libre, débarrassée de la surveillance constante de gardes du corps ou de son père.

Cesare ne lui dicterait pas son emploi du temps.

Elle n'aurait plus de contraintes.

C'était un peu stressant, presque comme débarquer

d'un bateau pour s'aventurer dans un pays inexploré. Mais c'était très excitant.

Elle poussa un long soupir. Elle avait passé tant de temps à douter d'elle-même, avec la peur de s'opposer aux obligations paternelles qui pesaient sur ses épaules. Finalement, sans s'en rendre compte, elle venait de faire un immense pas en avant.

Son estomac se contracta nerveusement.

Si elle s'était affranchie et avait conquis une part d'indépendance, c'était grâce à Vicè, qui l'avait poussée hors de ses limites. Avec lui, elle avait découvert une facette inconnue de sa personnalité.

Elle sentit son regard et se tourna à demi.

— C'est beau, commenta-t-elle simplement.

Il lui adressa un sourire qui fit naître un délicieux frisson au creux de son ventre.

— Je réserve la visite guidée pour un autre jour. Tu as certainement envie d'arriver.

Elle redressa anxieusement le menton.

— Quel comportement devons-nous adopter ?

— Détends-toi, *cara*. Nous improviserons.

— Ce n'est pas une réponse.

Durant le voyage, elle s'était convaincue d'avoir fait le bon choix en venant à Portofino. La Dolce Vita attirait comme un aimant toutes sortes de célébrités, acteurs d'Hollywood, rock stars et rappeurs à la mode. Avec tous les paparazzis qui traînaient dans le coin, leur couple serait l'attraction pendant quelques jours, et Imma devrait supporter quelques démonstrations publiques d'affection. Puis la curiosité retomberait tout naturellement, et la vie reprendrait un cours normal.

À présent, elle avait des doutes.

— Tout se passera bien, dit Vicè.

Ils étaient sortis de la ville et s'élevaient à flanc de

colline sur une route bordée de pins et de cyprès, dans une végétation étonnamment luxuriante. L'air embaumait le citron et le chèvrefeuille.

Les battements de cœur d'Imma se précipitèrent lorsqu'ils franchirent une grille encadrée de lourds piliers en pierre.

— Ne t'inquiète pas, je parlerai pour deux.

Tout avait l'air si facile, pour lui… Elle serra les dents.

— Tant que tu ne t'écartes pas du scénario établi…

— Tout ira bien, répéta-t-il en arrêtant le moteur.

Éblouie par le soleil, Imma cligna des yeux et resta bouche bée. L'endroit était infiniment plus beau que toutes les photos qu'elle avait pu voir dans les magazines.

Nichée au milieu des palmiers, la bâtisse, construite dans le style de la Riviera italienne, irradiait une beauté magique. Les grappes de vigne-vierge qui s'accrochaient à la façade faisaient ressortir les tons d'ocres rouge et jaune.

Perdue dans sa contemplation, Imma sursauta légèrement quand Vicè ouvrit sa portière.

— C'était un monastère autrefois. Étonnant, non ? dit-il avec l'un de ses sourires charmeurs auquel elle ne résistait pas.

— En effet, murmura-t-elle en se mordant la lèvre.

Elle accepta la main qu'il lui tendait, et il glissa un bras autour de sa taille.

— Lassés par les incursions et les pillages des pirates, les moines ont fini par se replier à l'intérieur des terres.

— Et les pirates ?

— Ils ont gagné, puisque c'est moi le propriétaire, maintenant !

La chaleur de son corps se propageait dans le sien, lui communiquant un trouble difficile à ignorer.

— *Ehi, capo !* Te voilà de retour !

Vicè agita la main en direction d'un jeune homme aux cheveux clairs, d'un blond décoloré par le soleil.

— Matteo. *Ciao !*

— Tu devais rentrer avant-hier.

— J'ai été distrait.

Les deux hommes se serrèrent affectueusement dans les bras, sous le regard perplexe d'Imma.

Capo ? Vicè était son *patron* ?

On était loin du comportement de Cesare avec ses employés… En pensant à son père, Imma se remémora les mails et sa conduite abjecte à l'égard d'Alessandro.

Heureusement, Vicè la ramena au moment présent.

— Imma, je te présente Matteo, le gérant de l'établissement, qui est aussi un très bon ami. Matteo, tu as devant toi la beauté qui m'a retenu…

Elle tressaillit sous le regard possessif de Vicè qui la dévorait littéralement des yeux.

— Ma femme, ajouta-t-il fièrement.

Il faisait semblant et jouait la comédie. Malgré tout, l'espace de quelques secondes, elle s'y laissa prendre.

Le temps s'arrêta. Elle oublia tout, qui elle était, où elle se trouvait… Elle eut l'impression d'être enfermée avec Vicè dans une bulle de lumière.

— Tu t'es marié !

Matteo secoua son ami par l'épaule.

— *Che bello !* Quelle nouvelle fantastique ! Je suis très heureux pour vous deux.

— Merci. Tout s'est passé très vite, un peu… *di impulso.* Imma m'a subjugué.

Imma força un sourire sur ses lèvres. Les félicitations de Matteo l'embarrassaient.

Comment allait-elle supporter ce genre de situations pendant un an ? se demanda-t-elle avec une pointe de colère. Quelle sottise de s'être fourrée dans pareil guêpier !

Vicè serra ses doigts entre les siens.

— Matteo, tu peux rentrer nos bagages ?

— Tout de suite.

Sans la lâcher, Vicè la guida vers un sentier à moitié envahi par la végétation.

— Viens, je te montre la villa.

Ils s'enfoncèrent parmi les citronniers, les myrtes et les lauriers.

— Lâche-moi, j'en ai assez ! protesta-t-elle dès qu'ils furent hors de portée de voix.

Vicè s'arrêta, le cœur battant.

Pendant qu'ils parlaient avec Matteo, il avait oublié que leur mariage n'était qu'un arrangement factice. En voyant les traits d'Imma s'adoucir, il avait même voulu y croire.

Avait-il mesuré la portée de sa décision, quand il avait accepté de l'épouser ? Déterminé à reprendre possession de la Trapani Olive Oil Company, il n'avait pas réalisé pleinement la signification de cet acte avec les conditions posées par Imma. Il mentait depuis si longtemps, à tellement de gens…

Curieusement, en ce moment, cela lui importait.

Il aurait volontiers effacé le passé pour tout recommencer à zéro.

Il ne s'agissait pas uniquement de son mariage. Il voulait remonter le temps très loin en arrière, à une époque où son père était encore parmi eux, pour vivre sa vie d'une manière radicalement différente.

Il haussa un sourcil interrogateur.

— Tu en as assez de quoi, exactement ?

— Je ne veux plus que tu me touches, énonça-t-elle d'une voix coupante.

— Vraiment ? railla-t-il. Tu ne semblais pas t'en plaindre, dans l'avion. Rappelle-toi, quand tu étais sur mes genoux…

Il retint son souffle en la voyant s'empourprer. Pourquoi

rougissait-elle ? Était-ce d'embarras ou de désir ? Peut-être était-elle embarrassée par son désir ?

Comment réagirait-elle s'il l'embrassait ? Elle fondrait et capitulerait entre ses bras. La passion assombrissait déjà le vert de ses yeux…

Il repoussa l'idée. Ce n'était ni le lieu ni l'endroit.

— Nous nous sentions… *si bien*, résuma-t-il en constatant avec satisfaction qu'elle devenait encore plus écarlate.

Ignorant délibérément sa remarque, elle rejeta la tête en arrière avec un air de majesté offensée.

— Tu me montres le chemin ou je dois le trouver seule ?

— N'est-il pas un peu tôt dans notre vie de couple pour nous disputer, *cara* ? Si nous pouvions au moins attendre de fêter la fin de notre première semaine…

Il poussa un soupir excédé et passa devant elle.

Il avait cédé à un caprice, en suggérant Portofino comme destination. Mais à leur arrivée, les réactions d'Imma l'avaient réconforté. Elle s'attendait manifestement à un décor banal ou clinquant. L'endroit l'avait impressionnée.

Devant les autres, il minimisait toujours l'accomplissement que représentait La Dolce Vita, comme s'il s'agissait d'un hobby sans importance. Au fond de lui, en réalité, il était fier de sa réussite.

En ouvrant la porte de la villa, il fut assailli par des émotions contradictoires.

Il aimait les vastes pièces aux parquets cirés, les hauts plafonds avec les lustres de Murano, témoins d'une grandeur défunte, et les portes-fenêtres qui donnaient sur la baie d'un bleu d'azur. C'était le décor rêvé pour son mode de vie *dolce farniente*. Néanmoins, il ne s'y sentait pas chez lui comme dans la demeure de famille ancestrale, en Sicile.

Il se retourna vers Imma qui s'était immobilisée sur le seuil. Avec ses longs cheveux noirs qui retombaient sur ses épaules et le mélange de colère et d'appréhension qui se lisait sur ses traits, elle ressemblait à une nymphe des bois surprise par un chasseur.

Il mit un certain temps à se rendre compte qu'il était le chasseur, sans savoir ce que cela suscitait en lui…

Il était censé tirer du plaisir de sa vengeance. Mais il détestait l'expression soupçonneuse d'Imma, qui se méfiait de lui à juste titre.

— Je te montre d'abord la maison. Ensuite, nous pourrons nous détendre un peu avec un *aperitivo* et…

Il s'interrompit pour ne pas évoquer à voix haute les suggestions qui se présentaient à son esprit, et se dirigea vers la cuisine.

Après une présentation rapide du rez-de-chaussée, il montra l'escalier.

— Montons à l'étage.

Elle lui lança un regard noir, comme s'il incarnait Barbe-Bleue en personne, et le précéda d'un air hautain. Quand elle passa devant lui, son parfum le déstabilisa, et il se ressaisit à grand-peine.

— Nous n'avons pas besoin d'une chambre d'amis, n'est-ce pas, *cara* ? C'est superflu pour une lune de miel.

— Notre cas est différent, répondit-elle d'un ton aigre-doux.

Il avait égratigné son amour-propre et s'en félicitait. Il adorait la provoquer.

Ils arrivèrent en haut des marches.

L'immense chambre de maître occupait toute la superficie du premier étage. L'odeur du chèvrefeuille qui proliférait dans les jardins, sous les fenêtres, envahissait tout, mais Vicè ne sentait que le parfum d'Imma.

Elle s'immobilisa en apercevant leurs bagages au pied du lit.

— Où sont les autres chambres ? s'enquit-elle froidement.

— Il n'y a que celle-ci.

Il se dirigea vers les grandes baies vitrées, les ouvrit et sortit sur le balcon.

— On voit souvent des dauphins dans la baie. Les Romains avaient baptisé cet endroit Portus Delphini. C'est de là que vient le nom, Portofino.

Elle s'approcha en fronçant les sourcils.

— Qu'as-tu dit ?

— Portus Delphini signifie le port des dauphins…

— Non, au sujet des chambres…

Il se laissa tomber sur une chaise avec une fausse nonchalance, allongea les jambes et étira les bras au-dessus de sa tête.

— Ah… Il n'y en a qu'une. La nôtre.

Elle secoua la tête.

— Non. La tienne. Je logerai à l'hôtel.

Ce fut à son tour de froncer les sourcils.

— Pardon ?

— Tu m'as parfaitement comprise.

— C'est absurde, *cara*. Nous sommes censés être fous amoureux. Des jeunes mariés ne font pas chambre à part.

— Nous ne sommes pas amoureux, Vicè, objecta-t-elle.

Elle mit les poings sur les hanches en affectant une expression chagrinée.

— Oh ! désolée… Tu commençais peut-être à croire à tes mensonges ? Voilà ce qui arrive quand on joue perpétuellement la comédie.

Il crispa les mâchoires.

— Je n'ai pas de leçon à recevoir de toi. Toi aussi, tu m'as menti, l'autre nuit. Au moins par omission.

Un instant, il crut qu'elle allait encore le gifler. D'ailleurs, il le méritait. Alessandro aurait été choqué par sa conduite. En vrai *gentiluomo*, son père traitait tout le monde avec une extrême courtoisie, et particulièrement sa femme, qu'il respectait tendrement.

— Tu as beau jeu de me reprocher cela alors que tu m'avais tendu un piège. Ta vie entière n'est qu'une vaste fumisterie, Vicè.

Il la fixa sans mot dire.

99 % de ce qu'on racontait sur lui dans les journaux était faux, mais il n'exigeait jamais de démenti. Sa réputation de *bad boy* lui faisait une excellente publicité. En outre, il avait tellement l'habitude des comparaisons désavantageuses avec son frère qu'il s'était immunisé contre le jugement d'autrui. Il n'y prêtait plus attention.

Curieusement, Imma avait le don d'appuyer sur les points sensibles, comme personne avant elle. Elle s'insinuait sous ses barrières protectrices, et il avait de plus en plus de mal à se cacher derrière sa nonchalance habituelle.

Il maîtrisa à grand-peine sa mauvaise humeur.

— Je sais parfaitement que nous ne sommes pas amoureux. Mais l'important, c'est de faire illusion devant les autres.

— Oui, en public. Écoute, nous avons conclu un accord…

— Un contrat, plus précisément. De mariage.

— Je t'ai averti depuis le début que je ne coucherais pas avec toi, riposta-t-elle du tac au tac.

Il haussa les épaules.

— Eh bien, retourne chez ton père.

C'était une menace en l'air. Malgré tout, quand elle glissa un regard vers l'escalier, il eut un sursaut d'anxiété. Elle n'allait pas le prendre au mot !

Tout à l'heure, le sourire qu'elle avait laissé échapper devant Matteo avait illuminé sa journée. Il ne voulait pas qu'elle parte.

Il était résolu à tout faire pour qu'elle reste.

En plus, c'était la condition pour qu'il récupère l'affaire de son père. Inexplicablement, cette exigence passait presque au second plan maintenant, après la nécessité de garder Imma.

— Il te trouvera un autre mari, persifla-t-il. Cela ne devrait pas être un problème. Les prétendants se presseront pour consoler une jeune fille qui s'est sauvée le soir de ses noces. Et sinon, *papà* usera de son influence.

Elle pâlit en se sentant acculée.

— Tu as fait exprès de m'amener ici ! accusa-t-elle rageusement.

— Pas du tout, *cara*. C'est toi qui as choisi notre destination, rappelle-toi.

Ses yeux vert émeraude le foudroyèrent.

— Va au diable !

Il regarda sa montre.

— J'ai d'autres projets pour ce soir. Préparons-nous. Nous dînons à l'hôtel.

Imma resta bouche bée.

Il était sérieux ?

Comment pouvait-il clore ainsi une dispute ?

Il ne gagnerait pas aussi facilement. Elle croisa les bras avec un air de défi.

— Je n'ai pas faim.

Il plongea les yeux dans les siens, avec une intensité qui la fit frissonner.

— Ce n'est pas grave… L'appétit vient en mangeant.

L'atmosphère s'alourdit. Imma avait envie de hurler. Cet homme était odieux, fourbe, manipulateur !

Mais pourquoi son corps la trahissait-elle ?

Elle tressaillit quand Vicè commença à déboutonner sa chemise.

— Que fais-tu ?

— Je me change. Tôt ou tard, il faudra affronter les autres, nous montrer sous notre jour le plus heureux et souriant. Débarrassons-nous de la corvée.

— Très bien, c'est si gentiment dit… Mais pour le reste, il faudra trouver une solution.

Il l'observa longuement. C'était la première fois qu'une femme se faisait prier pour dîner avec Vicenzu Trapani.

— Bien sûr, murmura-t-il. Je te laisse la salle de bains. Appelle-moi si tu as besoin d'aide pour t'habiller. Ou te déshabiller. J'accourrai.

Imma ferma la porte derrière elle.

Vicè la mettait dans tous ses états. Se rendait-il compte de l'effet qu'il produisait sur elle ?

Évidemment.

Il connaissait les femmes et savait user de son charme. Mais s'il croyait lui en imposer, il se trompait ! Avec elle, il aurait du fil à retordre.

Après avoir fait un brin de toilette, elle considéra songeusement sa robe neuve, que sa sœur avait choisie avec elle, un jour de shopping à Milan. Imma avait eu l'intention de la porter pour la réception du mariage de Claudia. Finalement, elle avait eu peur des remarques de son père et n'avait pas osé.

Du même vert émeraude que ses yeux, le fourreau moulait étroitement sa silhouette. Imma avait hésité à l'acheter car ce n'était pas du tout son style, surtout avec ces talons aiguilles de cuir verni. Mais Claudia avait tellement insisté qu'elle avait craqué. Les deux verres de prosecco qu'elles avaient bus au déjeuner y étaient probablement pour quelque chose. Elles avaient si peu de liberté, en temps ordinaire, qu'elles en avaient largement profité, au point d'oublier totalement la présence encombrante de leurs gardes du corps.

Elle tourna sur elle-même devant la glace. Vicenzu n'allait pas la reconnaître !

Dans l'escalier, la bravade s'effaça un instant devant la

panique. Mais dès qu'elle aperçut Vicè, l'admiration qu'il lui inspirait l'emporta. Vêtu d'un pantalon noir et d'une chemise gris anthracite, il était irrésistible.

— C'est trop habillé ? demanda-t-elle tandis qu'il la contemplait longuement.

— Pas du tout.

Il hésita et avança à sa rencontre.

— Cela te va très bien.

Elle avait hâte de sortir maintenant, pour être avec d'autres gens. Cela l'empêcherait de commettre une bêtise.

Vicè éprouvait peut-être la même chose, car il l'escorta promptement jusqu'à l'hôtel.

Ils entrèrent par une porte dérobée, à l'arrière.

— Gardons les paparazzis pour plus tard, dit-il en lui prenant la main.

Intimidée par le décor, un mélange de glamour rétro et de chic contemporain, elle fut aussi très impressionnée par le nombre de célébrités. Il y avait au moins cinq stars de cinéma, deux coureurs automobiles, un champion de tennis et un ancien premier ministre italien tombé en disgrâce. Tous se précipitèrent pour présenter leurs félicitations à Vicè.

— En fait, c'est toi qui les intéresses, murmura-t-il en souriant.

C'était un hôte agréable, passé maître dans l'art de la *sprezzatura*, cette courtoisie nonchalante et naturelle, à la fois spontanée et pourtant pleine d'affectation. Il aimait le contact humain et acceptait les gens tels qu'ils étaient.

Imma l'observa pendant qu'il parlait avec un couple d'un certain âge qui fêtait leur anniversaire de mariage. Vicè lui posait une énigme, un mystère qu'elle avait envie de percer malgré elle.

La vue légendaire depuis la terrasse la transporta. Au

soleil couchant, la ligne d'horizon formée par les couleurs pastel des villas semblait sortir d'un rêve.

La cuisine était tout simplement divine, et elle savoura chaque bouchée de *paté di seppia* et de *zembi au pesto.*

— Tu as retrouvé de l'appétit ?

Elle leva les yeux en rougissant, et il lui prit la main.

— La journée a été longue…

Il se pencha pour déposer un baiser au creux de sa paume.

Quel dommage que ce ne soit pas sincère…, songea-t-elle fugitivement.

— C'est délicieux, dit-elle.

— Je suis content que cela te plaise.

— Je ne m'attendais pas à… une ambiance aussi magique. Tu as accompli quelque chose de remarquable. Ta famille doit être fière de toi.

Il hocha distraitement la tête.

— Pourquoi avoir choisi Portofino ?

Il haussa les épaules.

— C'est Portofino qui m'a choisi.

Vicè parlait facilement de tout, mais se livrait peu. Quand on lui posait des questions personnelles, il répondait par une plaisanterie ou changeait de sujet.

À la fin du repas, il se leva et lui donna le bras.

— Nous n'échapperons pas aux photographes. Il faudra nous embrasser devant eux.

Elle acquiesça, mais sans imaginer la meute de paparazzis qui les attendaient dehors.

Comme Vicè l'avait prévu, ils réclamèrent un baiser.

Ce fut d'abord à peine un effleurement. La caresse légère de ses lèvres suffit pourtant à la liquéfier. Toute pensée cohérente l'abandonna, et elle pressa ardemment sa bouche contre la sienne.

Pendant une fraction de seconde, il parut surpris. Puis

il enfouit les doigts dans ses cheveux et l'attira plus près. Prise de vertige, elle sentit le sang affluer à ses tempes. La même ferveur monta en eux, irrépressible, avec une force qui la stupéfia.

Sans pouvoir s'en empêcher, elle s'agrippa à sa chemise, les jambes chancelantes.

Ils s'embrassèrent avec passion, sans retenue.

Les acclamations des photographes résonnèrent vaguement aux oreilles d'Imma pendant qu'elle se perdait dans ce baiser fou.

Puis, brusquement, Vicè s'écarta et releva la tête.

— C'est fini ! lança-t-il avec un sourire.

Et ils reprirent le chemin de la villa.

Le cœur d'Imma battait à tout rompre, et elle avait le rouge aux joues. Elle avait stupidement succombé à un baiser de cinéma.

Vicè avait-il été dupe de sa réaction ?

Dès qu'ils arrivèrent, elle lui fit face, la gorge nouée.

— Comment as-tu osé ?

Il haussa les sourcils.

— Tu t'attendais à quoi ? Un petit bisou du bout des lèvres ?

Elle tremblait de colère.

— C'était excessif !

Elle était surtout furieuse contre elle-même, mais voulait à tout prix le cacher pour ne pas trahir sa vulnérabilité.

— Tu es content de toi, en plus ! accusa-t-elle quand il se laissa tomber sur le canapé. Tu adores te mettre en scène, jouer la comédie !

Il se releva d'un bond.

— *Moi ?* se récria-t-il, incrédule. Tu ne manques pas d'audace ! Tu n'arrêtes pas de flirter et de faire la coquette, alors que tu sais parfaitement comment cela va finir. Au lit.

Elle sursauta d'indignation.

— Dans tes rêves. Tu es d'une arrogance insupportable !

— Il paraît. Mais cela ne change rien aux faits. Tu éprouves autant de désir que moi. Alors, cessons de nous disputer et allons droit au but.

Écarlate, elle nia avec toute l'énergie dont elle était capable.

— Tout ce que tu veux, depuis le début, c'est la Trapani Olive Oil Company. Quant à moi, crois-tu vraiment que je pourrais coucher de nouveau avec toi après tout ce qui s'est passé ?

— Pourquoi pas ?

Elle se mit à trembler sous son regard de braise.

— Nous sommes adultes, ajouta-t-il. Je ne vois pas pourquoi nous nous priverions de sexe alors que nous en avons envie tous les deux. Oublions le passé.

Oublier le passé…

Pendant quelques secondes, elle fut incapable de proférer un son. Puis elle le bouscula.

— Excuse-moi.

Il fronça les sourcils.

— Où vas-tu ?

— Chercher des couvertures. Je dormirai sur le canapé.

Il crut d'abord qu'elle plaisantait. Puis il poussa un juron.

— C'est bon. Je vais rester ici.

Décontenancée, elle voulut avoir le dernier mot.

— Parfait. Je préfère te l'annoncer tout de suite, il n'y aura plus d'apparitions en public jusqu'à notre départ. Le spectacle est terminé, Vicè.

7.

Vicè se retourna sur le dos en tapant furieusement dans son oreiller. Aussi confortable qu'il soit, ce canapé n'était pas fait pour dormir.

De toute façon, après la soirée qu'il avait passée, il était incapable de fermer l'œil.

Il était sur des charbons ardents depuis qu'Imma était apparue devant lui dans cette robe couleur d'absinthe qui sculptait sa silhouette de rêve et rehaussait l'éclat de sa peau dorée.

Un muscle tressauta sur sa joue tandis qu'il se remémorait sa réplique finale.

« Le spectacle est terminé. »

Elle se trompait. C'était juste l'entracte.

Il fronça les sourcils et se tourna sur le côté.

Comment en était-il arrivé là ? À squatter le canapé du salon pendant que sa femme occupait *son* lit seule ?

Il grinça des dents. La situation, inédite, dépassait l'entendement.

Il ne comprenait pas les revirements incessants d'Imma.

D'abord furieuse quand elle avait découvert la configuration des lieux avec l'unique chambre à coucher, elle s'était calmée et détendue pendant le repas. Ensuite, l'épisode des paparazzis avait ravivé son animosité.

Pourquoi l'avait-il embrassée avec autant de fougue ?

Au départ, il s'agissait d'un simple baiser de cinéma. Pour

les photographes. Il ne s'attendait pas du tout à sa réaction. Elle avait littéralement fondu entre ses bras. *Mannaggia alla miseria*, comment aurait-il résisté ?

Un nœud contracta ses épaules. Elle avait mal interprété son comportement. Contrairement à ce qu'elle imaginait, il n'avait rien prémédité et avait complètement perdu son self-control.

À l'instant où elle avait entrouvert les lèvres, il avait tout oublié. Il ne sentait plus que la pression de sa bouche et la folle ivresse qui l'emportait.

Malheureusement, il ne pouvait rien prouver. L'aurait-elle cru, d'ailleurs ? Et pouvait-il l'en blâmer ?

Il l'avait traitée très injustement.

Il lui avait menti, à plusieurs reprises, et l'avait manipulée honteusement dans le seul et unique but de la séduire. Comment lui aurait-elle fait confiance ?

Il se redressa en maugréant. Inutile de rester allongé en espérant trouver un sommeil illusoire. Derrière la fenêtre, la piscine miroitait au clair de lune. Il exhala un soupir de soulagement. Un peu d'exercice physique lui ferait le plus grand bien.

Dehors, l'air chaud le surprit. Il se tint un instant sur le bord, exécuta un plongeon parfait et nagea pendant une bonne quarantaine de minutes, jusqu'à ce que l'épuisement le gagne. Puis, les poumons en feu, il flotta sur le dos pour recouvrer sa respiration.

Les cyprès et le chèvrefeuille embaumaient délicieusement. Avec le chant des cigales, rien ne manquait à ce décor romantique qui composait une ambiance parfaite pour une nuit de noces.

Sauf la mariée…

Vicè était revenu au point de départ.

Il se hissa hors de l'eau avec une grimace et passa une serviette autour de son cou.

Dans un coin d'ombre, un reflet lumineux attira son attention.

Il se figea.

Un rayon de lune tombait sur la robe verte d'Imma, qui se tenait immobile, ses longs cheveux répandus sur les épaules.

Imma se tendit comme un arc.

Dans la chambre, à l'étage, elle s'était tout à coup sentie prisonnière, malgré les fenêtres ouvertes sur le balcon. La brise marine qui soufflait doucement ne réussissait pas à rafraîchir l'atmosphère.

À Pantelleria, ce mariage avec Vicè lui avait semblé une bonne idée, même si elle n'en mesurait pas pleinement les conséquences. Elle pensait naïvement qu'elle serait capable de le battre à son propre jeu.

En réalité, comme elle l'avait découvert ce soir à ses dépens d'une manière totalement humiliante, elle perdait pied complètement.

Vicè était trop fort pour elle et retournait tout à son avantage. Les mots, les situations… Rompu à l'art du mensonge, il excellait à démasquer la duplicité et la dissimulation chez les autres.

Sachant qu'elle ne pourrait pas dormir, Imma ne s'était pas déshabillée et avait juste enlevé ses chaussures pour s'allonger.

Mais elle n'arrivait même pas à se détendre et à se reposer.

Dans le lit de Vicè, c'était tout simplement impossible. Son odeur la hantait, pas seulement son eau de toilette, mais quelque chose d'indéfinissable, un mélange de sel et de bois fraîchement coupé, terriblement viril… Cela formait comme un voile qui obscurcissait son esprit.

Un voile. Un étau lui comprima la poitrine.

Perturbée par les dénis et les accusations de Vicè, elle en avait oublié qu'elle était censée vivre sa nuit de noces.

Sa nuit de noces…

Accablée par une abominable sensation de solitude, elle avait descendu l'escalier sur la pointe des pieds pour sortir prendre l'air.

Manifestement, Vicè ne dormait pas non plus. Il était là, devant elle, en maillot de bain, ruisselant.

Paralysée, elle tenta de réagir. Il fallait fuir, prendre ses jambes à son cou.

— Imma. S'il te plaît, attends…

Contre sa volonté et ce que son instinct lui soufflait, elle s'obligea à lui faire face.

— Pourquoi ? Tu m'as déjà assez ridiculisée comme cela, Vicè.

Il avança d'un pas.

— Si c'est le cas, je le regrette. Ce n'était pas mon intention. Je veux juste discuter.

Elle baissa les yeux.

— Nous n'y arrivons pas. Nous nous disputons tout le temps.

— Je ne suis pas d'accord. La première nuit, dans la villa de ton père, nous avons vraiment parlé.

Il avait raison, songea-t-elle, l'esprit confus. D'ailleurs, c'était elle qui avait parlé le plus, alors que d'habitude elle écoutait surtout. À la maison, Claudia avait la langue bien pendue et avait toujours quelque chose à raconter. Et au travail, la stature imposante de son père l'écrasait. Comme tous les hommes riches et puissants, Cesare se souciait peu du point de vue d'autrui.

Une boule de tristesse lui noua la gorge. Elle s'égarait. À Pantelleria, dans la villa de son père, Vicè avait tout intérêt à la ménager.

— Rien n'est vrai…

— Nous le sommes, toi et moi.

Elle secoua la tête.

— Il n'y a rien entre nous.

Son regard tomba sur le torse de Vicè. Fascinée par les gouttelettes qui glissaient sur sa peau bronzée, elle s'exhorta à détourner les yeux et n'y parvint qu'au prix d'un immense effort.

Cette nuit-là, en l'emmenant à Pantelleria, elle espérait trouver les réponses dont elle avait besoin. À la place, elle n'avait obtenu que d'autres questions, insolubles. Quelle femme pouvait avoir envie d'un homme tel que Vicè ? Et comment… *où…* rencontrerait-elle quelqu'un qui lui ferait oublier ses caresses et ses baisers ?

Il la scruta intensément.

— Pourquoi refuses-tu ce que nous ressentons tous les deux ?

— Parce que cela n'a aucun sens, bredouilla-t-elle.

— Quelle importance ?

Incapable de répondre, elle se tut.

— Je te propose une trêve, soupira-t-il.

— C'est-à-dire ? Oublier le passé ?

— Au moins le tenir à distance.

Elle plissa le front.

— Il s'agit de la vie de ma sœur. De son avenir sentimental.

Du mien. Ses yeux se remplirent de larmes.

— Elle ne mérite pas ce que ton frère lui a fait, ajouta-t-elle.

— Mon père méritait-il, lui, d'avoir été harcelé pendant les derniers mois de son existence ?

Sa voix s'était durcie. La trêve qu'il avait évoquée s'éloignait…

— Et ma mère ? Méritait-elle de perdre sa maison ? Son mari ?

Imma frissonna.

— Bien sûr que non. C'est pour elle que tu veux récupérer l'entreprise ?

Pendant quelques secondes, il parut confus, comme s'il avait du mal à comprendre ce qu'elle disait.

— Je veux qu'on me rende mon père. Et ma mère veut qu'on lui rende son mari. Cesare comprendra peut-être les souffrances qu'il nous a infligées quand il perdra ce qu'il nous a injustement volé.

Le mépris de Vicè la transperça avec la violence d'un coup de poignard. Pourquoi ne s'était-elle pas sauvée tout à l'heure, pendant qu'il était encore temps ?

Vicè se passa une main dans les cheveux.

— Excuse-moi… J'étais en colère. Je *suis* en colère, mais je ne te veux aucun mal.

Il avait l'air sincèrement désolé. Dans un élan d'empathie, elle lui toucha le bras.

— Je regrette que mon père se soit comporté comme il l'a fait. Si je pouvais revenir en arrière et effacer une chose, ce serait celle-là.

Il la fixa longuement, comme s'il cherchait à lire dans ses pensées.

— Mais pas ce qui s'est passé entre nous ? interrogea-t-il, incrédule.

Désarçonnée par sa question, elle réfléchit. Non, elle ne regrettait pas ce qu'ils avaient partagé. Elle n'échangerait pour rien au monde les belles heures de sensualité qu'elle avait connues entre les bras de Vicè, même sachant à présent qu'il ne la désirait pas pour elle-même.

Cette nuit-là, elle avait pour la première fois défié son père en prenant des décisions sans le consulter.

— Non, je ne changerais pas cela, dit-elle doucement.

— Moi non plus.

Elle prit peur en surprenant une lueur de désir au fond

des yeux de Vicè. La dernière fois, elle y avait répondu de plein gré. Mais c'était fini, elle ne recommencerait plus la même erreur.

— Cette situation est insupportable, murmura-t-elle en se détournant.

Elle s'échappa en courant presque, mais il la rattrapa dans le salon et lui barra le passage.

— Où vas-tu ?

— N'importe où pourvu que tu n'y sois pas.

— Pendant toute une année ?

— Je ne suis pas comme toi, Vicenzu. Je ne peux pas faire semblant juste pour épater les paparazzis.

— Nous sommes seuls ici toi et moi, sans photographes. Exactement comme à Pantelleria.

Elle secoua la tête en se remémorant le dur retour à la réalité, le lendemain matin.

— Mais tu n'étais pas toi-même. En tout cas, moi, je t'ai pris pour quelqu'un d'autre.

Elle aussi, cette nuit-là, s'était comportée comme une autre femme. Insouciante, désinhibée. Et terriblement naïve.

— Je ne comprends pas…

— Tant pis, cela ne fait rien.

Il fronça les sourcils.

— Nous sommes mariés.

Le cœur battant, elle s'efforça de calmer sa respiration.

— Comme si cela avait une quelconque importance ! Qu'est-ce que cela change pour toi ? De toute manière, tu ne crois en rien. Ta vie est une perpétuelle mascarade.

Vicè la fixa longuement.

— Je vivais très bien jusqu'à ce que je me marie. Avec toi.

Une frustration intense l'envahit. Quelle parodie de mariage ! Quelle différence avec le couple modèle de ses parents… Leur bonheur paisible semblait un idéal à jamais inaccessible.

N'en ayant jamais espéré autant pour lui-même, il avait délibérément choisi un mode de vie totalement opposé. Comme à leur habitude, ses parents lui avaient témoigné beaucoup d'indulgence et de bienveillance, même s'ils rêvaient d'autre chose pour leur fils.

Sa mère s'était réjouie à la nouvelle de son mariage. En même temps, elle regrettait amèrement qu'Alessandro ne soit plus là pour partager sa joie.

Que dirait-elle, si elle savait…

Il écarta résolument cette pensée.

— C'est toi-même qui m'as proposé cette *mascarade*, comme tu dis, observa-t-il durement.

— Oui, reconnut-elle d'un ton abattu. Sinon, tu serais déjà en train de fêter ta victoire avec ton frère dans un bar de Palerme.

Il recula.

— Quoi qu'il en soit, je ne supporterai pas cette situation pendant un an.

— Il ne s'agit pas uniquement de toi, répondit-elle, subitement au bord des larmes. Pour une fois, je n'ai pas envie de me soucier d'autrui. Je croyais…

Elle s'interrompit, comme submergée par un trop-plein d'émotions, et il choisit prudemment ses mots.

— Justement, parle-moi de toi, de ce que tu veux… ce dont tu as besoin.

Il y eut un silence.

— Je ne sais pas. Vraiment.

Ses épaules se voûtèrent. Subitement, elle parut plus petite et vulnérable, comme un oiseau avec une aile brisée.

Il s'assit sur le canapé et au bout d'un moment, comme il l'espérait, elle prit place à côté de lui.

— Nous n'en serions sans doute pas là sans mon père,

déclara-t-elle avec raideur. Je sais que tu le hais. Pourtant, il n'est pas entièrement mauvais. Il était différent avant… du vivant de ma mère. Il est seul depuis trop longtemps.

— Quel âge avais-tu quand elle est morte ? demanda Vicè, ému malgré lui.

— Huit ans.

Un voile de tristesse assombrit ses yeux verts, et le cœur de Vicè se serra. Elle avait dû être très malheureuse…

— Il a beaucoup souffert de ne pas pouvoir l'aider à combattre la maladie, poursuivit-elle. Cela explique son comportement avec Claudia et moi. Il veut tout contrôler.

Alors, Ciro et lui avaient déjà obtenu leur vengeance. Largement.

Comme tous les pères, Cesare voulait protéger ses enfants. Alessandro n'avait-il pas agi ainsi avec son fils aîné ? Il aplanissait continuellement les difficultés devant lui, sans jamais le comparer à Ciro qui réussissait tout. C'était probablement ce qui avait causé sa mort.

Quelque chose céda à l'intérieur de Vicè. Il se reprocherait toujours d'avoir déçu les espérances d'Alessandro.

— Cesare veut ton bien, c'est normal. Il t'aime.

Imma acquiesça lentement.

— Mais ma mère lui manque toujours terriblement. Le travail lui permet d'oublier un peu. Mais c'est devenu une obsession…

Elle hésita.

— Le nom et l'héritage revêtent pour lui une grande importance. Même s'il ne l'a jamais dit, je sais qu'il regrette de ne pas avoir eu de fils. Il essaie de compenser avec moi, mais je ne serai jamais à la hauteur. Je ne suis pas assez impitoyable. Quant à Claudia…

— Vous êtes très proches ?

Elle hocha la tête.

— Elle était si petite quand *mamma* est morte… Les

nounous ne restaient jamais très longtemps. *Papà* était très exigeant, toujours en colère. De toute façon, Claudia me préférait et, moi, j'avais envie de m'occuper d'elle.

— Elle a eu de la chance.

Imma se mordit la lèvre, et une larme roula sur sa joue.

— J'ai manqué de vigilance. Elle n'aurait jamais dû épouser Ciro. Maintenant, elle a le cœur brisé…

Vicè prit ses mains entre les siennes.

— Tu n'es pas responsable, *cara*. Ce n'est plus une enfant.

— Tu ne comprends pas. J'avais promis à *mamma*.

Elle éclata en sanglots, et il la prit dans ses bras pour essayer de la consoler. À présent, il avait honte d'avoir encore aggravé sa détresse. Imma n'avait rien de commun avec son père.

Il lui caressa doucement les cheveux.

— *Va tutto bene, cara*, murmura-t-il. Tout s'arrangera. Je suis là.

« Rien n'est ta faute, Imma. Tu t'es conduite en fille loyale et en sœur exemplaire. Tu es une femme extraordinaire. Belle, sexy, forte, intelligente. Tu as un bel avenir devant toi. »

Retirant la serviette autour de son cou, il sécha doucement ses larmes.

— Et je serai là pour veiller sur toi, d'accord ?

Elle esquissa un léger sourire.

— Désolée d'avoir craqué… *Papà* et Claudia comptent beaucoup, mais je ne veux pas pour autant m'oublier et m'effacer. J'ai eu envie de me sentir libre, juste pour une nuit, de perdre ma virginité avec un homme de mon choix. J'espérais que tout deviendrait plus clair. Que je découvrirais qui je suis et ce que je veux. Cela te paraît sans doute stupide…

— Pas du tout.

Vicè avait quitté la Sicile dans le même état d'esprit,

pour mettre de la distance entre lui et sa famille, oublier les désillusions de ses parents et le succès sans faille, trop facile, de Ciro.

— Je ne m'attendais pas à toutes ces difficultés, reprit-elle.

— Tu mérites mieux que moi, observa-t-il prudemment.

Il marqua une pause.

— Comment va Claudia ?

— Elle s'en remettra. Je prendrai soin d'elle.

Il prit soudain conscience de la tiédeur de ses paumes, à plat sur son torse.

— Et toi, Imma ?

— Moi ? Je…

— Je veux m'occuper de toi. Nous avons eu tort, Ciro et moi, de nous en prendre à vous deux. Nous nous sommes trompés de cible.

Il se gratta la gorge.

— Je voudrais me racheter. C'est-à-dire… Pourrions-nous recommencer à zéro ?

Elle resta impassible, sans rien dire.

— Si tu as besoin de réfléchir…

— Non, répondit-elle, très calmement. Mais il ne faudra plus mentir, Vicè.

Troublé par la douceur qui émanait de son corps, il aurait accepté n'importe quelles conditions.

— D'accord, répliqua-t-il d'une voix rauque.

Un silence tomba.

— Tu devrais enlever ce maillot mouillé, suggéra-t-elle.

Il commença à s'écarter, mais elle ne bougea pas.

— Laisse-moi faire, reprit-elle timidement en glissant les doigts sous l'élastique. À moins que tu aies changé d'avis ?

Il la scruta d'un air abasourdi, comme s'il ne croyait pas à ce qui était en train de se produire.

— J'ai bien compris ta réponse ?

Son éloquence habituelle le désertait. Il ne se souvenait

pas d'avoir jamais été aussi gauche et embarrassé. Ébranlé par la violence de son désir, il avait peur d'un malentendu.

— Oui, l'assura-t-elle tranquillement.

Libéré d'un poids immense, il chercha sa bouche fébrilement.

— Je n'osais plus espérer ce moment.

— Moi, j'en rêvais, avoua-t-elle en le poussant sur les coussins.

— Attends... Pas ici, sur ce maudit canapé, protesta-t-il.

Ce fut sa dernière pensée cohérente. Il la souleva dans ses bras pour la porter à l'étage.

Dès qu'il la déposa sur le grand lit, Imma s'agenouilla devant lui, fit glisser son maillot sur ses hanches et commença à embrasser avec ferveur son sexe érigé.

Il enfouit la main dans ses cheveux en murmurant son nom.

Le désir qu'elle inspirait à Vicè et le pouvoir qu'elle avait sur lui enivraient Imma. La tête lui tourna quand elle le prit entre ses lèvres, délicatement d'abord, puis avec de plus en plus d'assurance et de hardiesse.

Vicè se tordait en gémissant de plaisir.

Brusquement, il se libéra et prit son visage entre ses mains pour l'embrasser, avec une passion qui la dévasta.

Elle glissa de nouveau les doigts vers ses cuisses, mais il la repoussa.

— À mon tour, grogna-t-il d'une voix altérée.

Il la mit debout pour atteindre la fermeture Éclair de sa robe qui tomba à ses pieds dans un bruissement de taffetas. Il la recoucha ensuite délicatement en prodiguant une pluie de baisers sur ses seins dressés. Puis, enserrant fermement ses poignets dans une main, il descendit avec une lenteur délibérée le long de son ventre.

— Laisse-moi te goûter, chuchota-t-il.

Envahie par un frisson d'excitation, elle rejeta la tête en arrière, sur l'oreiller. Quand il écarta les lèvres de son sexe, elle creusa les reins à sa rencontre avec des petites plaintes inarticulées. Son corps ne lui appartenait plus. Elle s'abandonnait. Plus rien ne comptait, que la pression insistante de sa langue.

Brusquement, l'onde de plaisir s'intensifia. Les battements de son pouls se précipitèrent, et la vague qui déferla lui arracha un cri.

Vicè lâcha ses poignets, et son visage remonta à la hauteur du sien.

— J'ai envie de toi, Imma.

Elle l'enlaça par le cou.

— Je te veux en moi, Vicè.

Il roula sur le côté et ouvrit le tiroir de la table de nuit pour chercher un préservatif. Elle s'agrippa follement à ses épaules, comme si elle avait peur de le perdre, et tressaillit de bonheur au moment où il la saisit par la taille pour soulever ses hanches.

Il s'enfonça en elle sans la quitter des yeux, en se concentrant pour garder le contrôle.

— Regarde-moi, murmura-t-il.

Elle obéit, et il se mit à bouger. Peu à peu, elle accompagna ses mouvements, et leurs corps trouvèrent un rythme régulier, hypnotique.

Sans jamais cesser de scruter son visage, Vicè caressait ses seins tour à tour. De nouveau, une intense sensation de chaleur monta en elle, avec une tension incoercible. Puis, tout à coup, une série de spasmes la secoua et elle se relâcha totalement.

Vicè atteignit l'orgasme presque au même instant, mêlant son cri à ses gémissements sourds.

8.

Il était tard lorsque Vicè se réveilla. Dans la baie, un bruit de moteur l'obligea à ouvrir les yeux.

Il avait oublié de tirer les rideaux. Le ciel d'un bleu très pâle, strié de rose et d'or, ressemblait à une fresque de la Renaissance. Mais rien n'égalait la beauté de la femme étendue à côté de lui.

Imma dormait, le visage enfoui contre son épaule, une main sur son torse, l'autre le long de son corps, exposant un sein rond et ferme.

Avec ses longs cheveux et l'ombre de ses cils sur sa joue, on aurait dit un tableau de maître. La douceur paisible laissait poindre une vulnérabilité qui lui donna envie de la serrer contre lui.

Il se tendit. C'était la première fois de sa vie qu'il ressentait un tel besoin de protection. Malgré tout, il n'en éprouvait nulle panique ou confusion. Cela paraissait presque naturel.

Et rassurant.

Il n'était pas un monstre. Apitoyé par les larmes d'Imma, il avait eu envie de la consoler.

La suite avait été sublime.

Un désir violent le transperça au souvenir de cette nuit inoubliable. Imma s'était unie à lui dans une harmonie parfaite, sous un clair de lune nacré qui jetait des reflets d'argent sur sa peau satinée.

Ils avaient partagé un plaisir infini, bien différent de la première fois, plus profond, moins impatient.

À Pantelleria, un enjeu important le préoccupait. Il lui fallait à tout prix atteindre son objectif, la séduire. Mais la violente attraction qu'elle exerçait sur lui l'avait pris au dépourvu.

D'autres motivations agitaient Imma. En décidant de perdre sa virginité avec lui, elle posait son premier acte d'indépendance contre son père.

Cette nuit, tout avait été beaucoup plus simple. Ils avaient uniquement obéi à leur désir.

Ils avaient d'abord tous les deux tenté de résister. En pure perte. Une force incoercible les poussait l'un vers l'autre.

Imma lui ouvrait des horizons nouveaux. Subitement, le reste du monde perdait de son importance et passait au second plan.

Jusqu'à sa soif de vengeance contre Cesare.

Elle bougea, et il la regarda en s'efforçant de clarifier ses pensées.

De toute façon, l'affaire était entendue, songea-t-il avec soulagement. Tout serait définitivement réglé à la fin de l'année. En attendant, il était libre de goûter les plaisirs de la vie avec Imma.

— Bonjour, murmura-t-il quand elle entrouvrit les paupières.

Elle marqua un temps de surprise, puis le fixa de ses grands yeux verts et s'étira langoureusement.

— Bonjour…

Elle hésita. Jamais elle ne s'était trouvée dans ce genre de situation. La dernière fois, le coup de téléphone de Claudia avait rompu le charme. Mais ce matin, elle était bien obligée de regarder les choses en face et d'assumer ses actes.

Elle s'empourpra en se remémorant ses cris de plaisir. Oubliant toute retenue, elle s'était agrippée aux cheveux de Vicè pour presser sa bouche sur son sexe… Étourdie par ses baisers et ses caresses, elle n'avait plus cherché qu'à assouvir ce besoin fou qu'il creusait en elle.

Jamais elle n'avait éprouvé une telle intensité. Pas même la première fois. Cela dépassait tout ce qu'elle avait imaginé.

Le clair de lune avait jeté une lueur romantique sur leur passion débridée. Maintenant, au grand jour, Imma se sentait un peu embarrassée.

À juste titre.

Effondrée, en larmes, elle avait confié à Vicè des secrets qu'elle n'avait encore jamais partagés avec personne. Elle avait ensuite fait l'amour avec lui…

Son cœur palpita d'une gratitude inattendue. Vicè n'était pas seulement un amant attentif, généreux. Il savait aussi écouter.

— Si cela peut te rassurer, je ne suis pas très à l'aise non plus, dit-il.

Imma lui lança un regard reconnaissant. Toute sa vie, partagée entre la crainte et l'ambition, elle s'était tenue sur la réserve, n'osant rien refuser ni demander.

Elle n'avait plus peur.

— Comment cela se passe-t-il, d'habitude ?

Il se pencha pour lui caresser la joue.

— Justement, cela ne m'arrive jamais. Je dors toujours seul. Enfin… plus maintenant.

Imma le scruta d'un air indécis.

— Tu as changé ? questionna-t-elle timidement.

Il enroula une mèche de cheveux autour de son doigt et attira son visage vers le sien.

— Oui.

Était-ce vrai ? Ou disait-il simplement ce qu'elle avait envie d'entendre ?

Un silence tomba.

— Tu ne me crois pas ?

Tenaillée par le doute, elle hésita.

— Je… Jusqu'à présent, la sincérité n'était pas vraiment au programme entre nous. Tu avais un objectif…

Vicè ne la désirait pas pour elle-même. Il exécutait un plan de vengeance qu'elle ignorait. Pouvait-elle, maintenant, se fier à son instinct et son intuition ?

— Je ne peux pas le nier, répondit-il avec gravité. Au début, je voulais juste récupérer l'affaire de mon père. Mais cette nuit-là, au moment où tu es sortie de la salle de bains… je te jure que c'est complètement sorti de mes pensées. Tu m'as ébloui.

Imma se mordit la lèvre. Dans sa vie, elle ne s'était jamais sentie désirable, juste nécessaire, pour Claudia et Cesare qui avaient besoin d'elle.

Il lui prit la main, et ce geste lui réchauffa le cœur.

— *Lo so, cara.* Objectivement, tu n'as guère de raisons de me faire confiance. Mais j'étais sincère, hier soir. Tu m'obsèdes… Quand je t'ai vue descendre l'escalier dans cette robe… j'ai failli perdre le contrôle. Je me suis dépêché de te pousser dehors pour ne pas me ridiculiser.

— Je ne t'aurais pas trouvé ridicule…, dit-elle avec un sourire.

— Vraiment ?

Il déposa un baiser au coin de sa bouche.

— Finalement, nous ne sommes pas si mal à l'aise, pour des gens qui ont l'habitude de dormir seuls.

Du bout du doigt, il suivit l'arrondi délicat de son visage.

— Mais j'aurai besoin d'entraînement…

Un frémissement délicieux courut dans le dos d'Imma lorsqu'il enserra ses joues entre ses paumes et l'embrassa.

Elle n'hésitait plus et était prête à assumer ses choix et ses désirs. Avec un gémissement, elle se glissa de tout son long sous le corps de Vicè en plaquant les mains sur ses fesses.

Il la pénétra lentement, lui laissant le temps de s'ajuster à sa présence et se délectant de ses petits soupirs de plaisir. Mais elle le voulait tout à elle, tout de suite. S'arc-boutant à sa rencontre, elle noua les jambes autour de ses reins.

Un même rythme les emporta et les précipita dans un tourbillon frénétique. Dans l'ivresse des sens, seule subsista une infime lueur de conscience qui les guida pour parvenir ensemble à la jouissance.

Plus tard, beaucoup plus tard, ils déjeunèrent d'un brunch sur la terrasse, sous la glycine.

— À quoi penses-tu ? demanda Vicè.

Elle lui sourit. Chaque fois qu'elle le regardait, sa beauté la sidérait. Avec son pantalon de lin crème et sa chemisette blanche, il avait l'air de poser pour une affiche publicitaire vantant les charmes de la Riviera italienne. Derrière lui, des yachts de luxe flottaient sur la mer turquoise.

— À la chance que tu as de vivre dans ce décor magnifique…

— J'ai surtout de la chance d'être ici avec toi, murmura-t-il.

Imma rougit en surprenant la flamme qui brillait dans ses yeux. Elle ne se lassait pas de découvrir mille et une voluptés insoupçonnées auxquelles Vicè l'initiait avec une ardeur infatigable.

Comme s'il lisait en elle, il se leva, fit le tour de la table et s'accroupit pour l'embrasser.

— Vicè…

Les paupières closes, elle chuchota son nom en tremblant quand il s'écarta.

— Que veux-tu faire du reste de la journée ? demanda-t-il.

Elle rouvrit les yeux. Il était là devant elle, en chair et en os, bien réel. Malgré tout, elle devait veiller à ne pas s'illusionner. Il ne fallait pas rêver. Sinon, le réveil serait difficile et douloureux.

Elle avait une fâcheuse tendance à prendre la moindre flatterie pour argent comptant, à voir dans sa galanterie des intentions qu'il n'y mettait peut-être pas. Vicè était un play-boy, un séducteur incorrigible qui adorait le flirt et le sexe. Tant mieux s'il l'avait aidée à se débarrasser de ses inhibitions, mais elle s'était fixé d'autres buts, pendant cette année de liberté. Elle voulait explorer la femme qu'elle était réellement. Sur tous les plans et dans toutes sortes de situations.

Fondamentalement, rien n'avait changé. Ils avaient fait un mariage de pure convenance et limité dans le temps. Elle devait garder cela en mémoire et se fixer une ligne de conduite.

Règle numéro un : prendre du recul. Ne pas se laisser égarer par la passion au risque de négliger son objectif personnel.

Règle numéro deux : multiplier les expériences.

Elle lissa nonchalamment sa robe sur ses genoux.

— Oublions ce que j'ai dit hier sur les apparitions en public. J'aimerais une visite en bonne et due forme. Avec toi.

— Bien sûr, *cara*. Avec plaisir, acquiesça-t-il avec un léger sourire.

Plus grand qu'Imma n'avait cru, l'hôtel restait néanmoins discret et accueillant. La décoration brouillait habilement les frontières entre les styles vintage et contemporain, simplicité et raffinement branché. Des sols à damier voisinaient avec des miroirs dorés et des fresques à demi effacées représentant les hôtes et le personnel de La Dolce Vita.

— Mon ami Roberto les a peintes en échange d'une chambre à demeure pendant l'hiver, expliqua Vicè.

Les jardins en gradins, luxuriants, étaient magnifiquement entretenus. Il existait certainement des palaces plus glamour, mais il régnait là une atmosphère particulière, très agréable. L'ambiance reflétait la personnalité de son propriétaire, brillante, décontractée, pleine d'un charme léger.

Vicè bavardait avec Eduardo, le pianiste légendaire de soixante-dix ans, capable de tout interpréter, du swing à la musique de films, pour accompagner les *aperitivi* sur la terrasse.

Il la rejoignit.

— Tu danses ? Tu peux demander ce que tu veux à Eduardo, sauf du rap ou du thrash metal.

Elle esquissa un sourire et secoua la tête. Tout le monde les regardait.

— Tout à l'heure, peut-être.

— D'accord.

Il la prit par la main.

— Viens, je vais te montrer ma vue préférée. *Ciao*, Edo, ajouta-t-il en passant devant le piano.

— *Ciao !* J'aurai peut-être le plaisir de te retrouver tout à l'heure avec thrash metal Trapani ? À la soirée !

Imma interrogea Vicè du regard.

— Pas ici, sur mon yacht, *le Dolphin*, expliqua-t-il. Il est amarré dans la baie, à la disposition des clients qui souhaitent organiser des réceptions privées. Mais je n'ai pas l'intention d'y assister.

D'abord soulagée, Imma se réprimanda. Après avoir refusé de danser, elle était en train d'oublier sa règle numéro deux.

— Moi, j'aimerais y aller, dit-elle.

— Vraiment ? Eh bien d'accord. Tu es imprévisible, *cara*.

En réalité, elle n'était pas du tout sûre d'elle…

— Toi aussi, tu me surprends, reprit-elle au bout d'un moment, tandis qu'il la conduisait le long du sentier ombragé qui menait à la villa.

Il lui lança un regard circonspect.

— Tu es bien la seule ! La plupart des gens ont l'impression de me connaître par cœur et lisent en moi comme dans un livre ouvert.

Une pointe de mélancolie perçait dans sa voix. Quel secret se cachait sous son apparente nonchalance ?

— C'est ce que tu veux bien leur laisser croire, remarqua-t-elle.

Elle aussi, elle avait été abusée, au début. Mais elle devinait à présent une personnalité infiniment plus complexe. Le succès de La Dolce Vita attestait d'un grand savoir-faire et d'un sens profond des relations humaines. Visiblement, tout le monde appréciait le maître des lieux.

— Tu as accompli une belle réussite. Tu es doué, Vicè.

Il haussa les épaules.

— C'est plus un mode de vie qu'une façon de gagner de l'argent. Dans la famille, c'est Ciro le businessman.

— Peut-être, mais il y a des choses plus importantes que l'argent.

Ne l'avait-il pas prouvé en acceptant de surseoir à sa vengeance pendant un an ? Il avait même dormi sur le canapé…

— Tu prends soin de tes employés, de tes clients, de ta famille. On voit que leur estime compte pour toi. Tu as de quoi être fier.

— Attention, *cara*, je suis déjà d'une *arrogance insupportable.*

— Finalement non, je ne crois pas, répondit-elle en reconnaissant ses propres paroles.

Il plongea les yeux dans les siens.

— Tu es très perspicace, Imma. Un peu trop pour moi…

Ils entrèrent dans la villa et montèrent au premier sans même s'en rendre compte.

Le cœur d'Imma se mit à battre plus vite quand il repoussa une mèche de cheveux sur sa joue. Comme elle s'en voulait de réagir ainsi au moindre contact…

— Tu ne devais pas me montrer ta vue préférée ?

— Je l'ai devant moi, murmura-t-il. À un détail près…

Il passa les pouces sous les bretelles de sa robe et la fit glisser le long de son corps.

— C'est parfait, maintenant.

Prisonnière de son regard, elle fondit littéralement lorsqu'il se pencha pour l'embrasser au creux du cou. Puis, au mépris de toute prudence, elle l'attira vers le lit.

— Ne m'en veux pas, mais je t'ai acheté quelque chose pour ce soir, dit Vicè en plantant un baiser sur la bouche d'Imma.

Il s'assit au bord du lit et déposa une grande boîte en carton entourée d'un ruban.

— Je vais me changer. Ensuite, j'ai quelques détails à régler avec Matteo. Descends quand tu seras prête.

Dix minutes plus tard, il vérifiait la liste des invités avec Matteo, mais son esprit était ailleurs.

Imma s'était endormie après l'amour. L'esprit agité, troublé par la douceur et la nudité de ce corps à côté du sien, il s'était rhabillé et était sorti prendre l'air.

Il se promenait sur la place, à l'heure de la *passegiata*, quand il était tombé en arrêt devant une vitrine.

C'était la première fois qu'il achetait quelque chose pour une femme.

Sa mère ne comptait pas.

Il se demandait maintenant quelle impulsion l'avait

poussé à faire un cadeau à Imma. Pourquoi voulait-il tant lui faire plaisir ?

N'était-ce pas évident ?

Il se sentait coupable. Cela n'avait rien de nouveau.

Imma le prenait pour un *self-made man* couronné de succès. Quelle farce ! Elle approchait davantage de la vérité lorsqu'elle l'accusait de vivre une mascarade perpétuelle.

Son père, la seule personne à en avoir conscience et à connaître ses faiblesses et ses défauts, avait malheureusement perdu la vie par excès d'indulgence, en croyant l'aider.

D'un côté, il avait envie de se dévoiler. D'un autre, il ne supportait pas l'idée de perdre le respect et la confiance qu'il avait gagnés. Il se retrouvait aux prises avec un dilemme insoluble.

Pourtant, tôt ou tard, Imma finirait par découvrir la vérité et tout s'effondrerait.

— Un souci, patron ? demanda Matteo.

Vicè secoua la tête.

Il voulait vraiment prouver à Imma qu'il n'était pas qu'un play-boy épris de plaisirs faciles.

Entre les mains de Ciro, La Dolce Vita serait devenue une chaîne internationale de palaces de luxe, cotée en Bourse. Mais cela n'intéressait pas Vicè. Il préférait accueillir ses clients comme des amis, des hôtes de choix.

Ce soir, il avait envie qu'Imma s'amuse et se détende, qu'elle passe une bonne soirée, oublie ses réserves.

— Tout est parfait, Matteo, dit-il en lui donnant une tape amicale sur l'épaule.

— OK, *capo*. À tout à…

Matteo s'interrompit au milieu de sa phrase, bouche bée, et Vicè se retourna.

Debout sur le seuil, Imma se mordait la lèvre timidement. Avec ses cheveux relevés en chignon, son maquillage des yeux charbonneux et ses lèvres rouges, elle était éblouissante. Et la robe lui allait divinement.

— À plus tard, patron, dit Matteo en s'éclipsant.

Imma le salua d'un sourire avant de s'approcher.

— Peux-tu m'aider à monter la fermeture Éclair jusqu'en haut ?

Vicè s'exécuta, puis déposa un baiser sur sa nuque.

— Merci pour la robe, murmura-t-elle.

— Tu es très belle.

Il contempla un instant le fourreau de satin crème qui mettait en valeur ses courbes parfaites, puis lui tendit le bras.

— Allons-y.

La brise marine avait un goût salé. Derrière eux, les lumières de Portofino reculaient tandis que le bateau à moteur s'éloignait à vive allure. Assise à côté de Vicè, Imma paraissait très impatiente d'arriver sur le yacht.

Il recula légèrement pour étudier son profil.

Immacolata Buscetta, la fille aînée de son ennemi juré et mafieux notoire, ne cessait de le surprendre. Que de préjugés et d'idées fausses il avait dû réviser ! Dire qu'il aurait pu ne jamais la connaître…

— La soirée bat son plein, remarqua-t-il quand ils abordèrent.

Une douce euphorie l'envahit. Ici, dans cet univers qu'il adorait, il régnait en roi. Il aimait les rires et la musique, le champagne, les jolies femmes en robes du soir couvertes de bijoux étincelants.

En particulier, celle qui se tenait à ses côtés…

Il lui prit la main pour l'entraîner dans le tourbillon de la fête.

Imma le suivit le cœur battant. Elle se sentait encore plus exposée que lors de sa première apparition à l'hôtel.

Toutes les femmes jetaient sur Vicè des regards concupiscents et la dévisageaient avec insistance.

— Tu n'as pas besoin de rester collé à moi toute la soirée, dit-elle quand quelqu'un l'appela.

— Pourquoi ? Si cela me plaît, *cara*.

Elle le fixa d'un air sceptique. Puis ses doutes s'estompèrent sous l'étincelle de son regard.

Vicè lui présenta une foule de gens incroyable.

— Tu connais tout le monde ? demanda-t-elle quand ils sortirent sur le pont, beaucoup plus tard.

— Oui, je crois.

— Tu as beaucoup d'amis.

— Ce sont aussi les tiens, maintenant, répliqua-t-il en souriant. Si nous dansions ?

— Tu m'as sorti les mots de la bouche ! lança un homme derrière lui.

Vicè se retourna.

— Invite quelqu'un d'autre, Roberto.

— Roberto ? Seriez-vous le peintre qui a exécuté les fresques de l'hôtel ? demanda Imma.

— En personne, répondit-il en s'inclinant. Et j'espère que vous me servirez de modèle pour la prochaine.

— Pas question de te prêter ma femme, Roberto, intervint Vicè.

— Ta femme ? Quelle chance tu as !

— C'est vrai, acquiesça Vicè en prenant Imma par la taille. J'ai beaucoup de chance, en effet.

Roberto secoua la tête tandis qu'Imma rougissait.

— Je m'arrangerai pour vous voir seule en tête à tête, *signora* Trapani. Je peux vous fournir des renseignements intéressants sur votre mari.

— Elle est déjà au courant de tout ! plaisanta Vicè. Laisse-la tranquille.

Il entraîna Imma sur la piste.

Elle était si belle ! Un peu nerveuse, mais elle le cachait bien.

Lui s'en rendait compte et avait envie de la protéger.

— Viens, souffla-t-il à son oreille.

— Tu ne veux plus danser ? s'étonna-t-elle.

— Si, mais seul avec toi.

Il embrassa du regard la foule des invités. Tous ces gens étaient-ils vraiment des amis ? Ce soir, il n'avait pas envie de leur parler.

Normalement, il aimait être au centre de l'attention. Bizarrement, tout à coup, la musique lui semblait trop forte, les lumières trop vives.

Il ouvrit une porte marquée « Privé », et ils empruntèrent un escalier en colimaçon qui les mena à l'arrière, à l'air libre.

— Voilà qui est mieux, dit-il. Je ne m'entendais plus penser.

— Tu as besoin de penser pour danser ? le taquina-t-elle.

Il la serra contre lui, et elle posa la joue contre son épaule. Aussitôt, il fut traversé par un désir intense, irrépressible, comme si tout le reste cessait brusquement d'exister.

Il se gratta la gorge.

— Tu passes une bonne soirée ?

— Oui, mais nous pouvons partir, si tu veux…

Il scruta un instant l'expression mystérieuse qui luisait au fond de ses yeux verts. Puis, sans répondre, il redescendit l'escalier avec elle.

9.

Il faisait beaucoup trop chaud pour lire.

Imma reposa son livre et leva les yeux. Éblouie par le soleil, elle mit sa main en visière. Au bout de la terrasse, Totti, le chien de Matteo, était couché sous les buissons, la langue pendante. Dans la baie, rien ne bougeait. Une légère brume de chaleur s'élevait des eaux bleues miroitantes, estompant le contour des bateaux à l'ancre.

Allongée sur un transat à l'ombre de la glycine, Imma était seule pour la première fois depuis son arrivée à Portofino. Vicè, qui avait du travail à l'hôtel, l'avait quittée de bonne heure. Encore tout ensommeillée après une longue nuit d'amour, elle était restée au lit à se reposer tout en se remémorant leur folle passion. Entre les bras de Vicè, elle oubliait tous ses doutes et ses incertitudes.

Son bonheur ne devait toutefois pas lui faire négliger son rôle de grande sœur. Ces derniers jours, elle avait communiqué par messages avec Claudia. Il était temps de prendre de ses nouvelles de vive voix.

Ce coup de téléphone la décontenança. Contrairement à ses craintes, Claudia n'était pas du tout effondrée, mais très calme. Elle d'ordinaire si bavarde et encline aux confidences raccrocha assez rapidement. Elle semblait changée, débarrassée de sa timidité, et même déterminée.

— Ah, tu es là.

Imma sursauta au son de la voix de Vicè, qui s'installa à côté d'elle après avoir déposé un baiser sur ses lèvres.

Ses réactions physiques l'étonnaient toujours. S'habituerait-elle jamais à son contact ? Dès qu'il la touchait, elle fondait.

— Cela s'est bien passé, à l'hôtel ? demanda-t-elle.

— Oui, tout est réglé. Les clients de la chambre 16 ont enregistré une nouvelle chanson à trois heures du matin... Naturellement, il y a eu des plaintes.

Il lui tendit un cocktail.

— Tiens, un negroni !

— Il n'est pas un peu tôt ?

— J'ai mis beaucoup de glaçons. Et puis, c'est ton année de folies, *cara*, non ?

Pendant qu'elle portait le verre à ses lèvres, il examina le ciel pur, sans nuages.

— *Accidenti !* Quelle canicule ! Nous ferons un tour en bateau un peu plus tard. Il fera meilleur en mer. Je pourrais t'emmener jusqu'à la baie des poètes.

Avec sa chemise ouverte et ses cheveux qui lui tombaient dans les yeux, il ressemblait un peu à Lord Byron.

— Tu m'écriras un poème romantique ? plaisanta-t-elle.

— Je peux essayer. Quel mot rime avec Immacolata ?

— La poésie moderne est peut-être plus facile. Avec les vers libres, les rimes ne sont pas obligatoires.

— *Va bene.*

Il la considéra avec une expression coquine qui ne laissait planer aucun doute sur ses intentions.

— Tu es incorrigible ! s'écria-t-elle.

— Oui, il paraît... Tu n'as pas trop chaud ?

Il lui caressa doucement le ventre, et sa main s'arrêta juste à la limite de son bikini.

— Je devrais te mettre de la crème. J'ai peur que tu attrapes un coup de soleil.

Ignorant le conseil, elle se leva.

— Je vais me baigner pour me rafraîchir.

Elle rentra dans l'eau et se mit à nager. Trois secondes plus tard, il avait ôté sa chemise et plongeait pour la rejoindre.

Il l'enserra par la taille et la pressa contre lui, tout en contemplant sans équivoque la rondeur de ses seins.

— Accroche-toi à moi. Mets les jambes autour de ma taille, commanda-t-il.

Elle lui désobéit par jeu, appuya fortement sur sa tête pour le faire couler et s'éloigna en hâte.

Il émergea, moitié riant, moitié crachotant, et s'élança à sa poursuite. Quand il lui saisit les chevilles, elle poussa un hurlement, en se débattant de toutes ses forces. Rien n'y fit. Elle ne parvint pas à se dégager.

— Tu vas me le payer, *signora* Trapani ! s'exclama-t-il.

Il la souleva dans ses bras et sortit de la piscine. Au moment où elle s'agrippait à son cou pour répondre à son baiser, une sonnerie de téléphone retentit.

— Je ne réponds pas, dit-il avec un juron.

— Ne t'inquiète pas, je ne me vexerai pas. C'est peut-être important.

Après une brève hésitation, il la lâcha pour ramasser son portable et regarder l'écran. La gorge d'Imma se contracta nerveusement quand il se détourna et s'éloigna pour parler.

C'était probablement Ciro. En tout cas, Vicè, subitement très tendu, ne voulait pas qu'elle entende leur conversation. La belle humeur joyeuse d'Imma retomba d'un coup, comme si elle avait reçu une gifle en plein visage. Ces derniers jours, elle avait complètement oublié le plan de vengeance des frères Trapani contre sa famille.

Tristement, elle regarda Vicè faire les cent pas à l'autre bout de la terrasse, penché en avant. Avec une expression résignée, elle prit son livre et rentra.

À l'intérieur de la villa, sa panique reflua un peu.

Rien n'avait changé. Pourquoi avait-elle l'impression que tout s'effondrait ?

— Imma ?

Vicè était juste derrière elle. Un pli soucieux lui barrait le front.

— Je suis désolé, mais je ne pourrai pas t'emmener en bateau aujourd'hui. J'ai un empêchement…

— Qu'a-t-il encore fait ? demanda-t-elle, le cœur battant à tout rompre.

Il la regarda sans comprendre.

— Qui ?

— Ton frère.

— Ciro ? Je n'en sais rien. Je ne lui ai pas parlé. C'était ma mère.

Le pouls d'Imma ralentit.

— Il lui est arrivé quelque chose ?

Elle ne savait pas grand-chose, seulement qu'Audenzia avait déménagé à Florence pour s'installer chez sa sœur et son beau-frère.

— Elle est tombée.

— Oh ! Vicè… Je suis désolée.

— Ce n'est rien de grave, mais elle est choquée. Mon oncle et ma tante s'occupent d'elle, mais…

— Elle veut te voir, c'est normal. Nous pouvons partir tout de suite, si tu veux. Je vais m'habiller.

— Tu veux venir avec moi ? demanda-t-il d'un air surpris.

— Bien sûr. Cela paraîtra bizarre que je ne t'accompagne pas, non ?

Son silence la mortifia. Elle comprit subitement que Vicè n'oubliait pas le caractère temporaire de leur arrangement. Non seulement il n'avait pas besoin d'elle, mais il ne souhaitait pas qu'elle noue une relation avec sa mère.

— Excuse-moi, dit-il en pressant ses doigts entre les

siens. L'idée ne m'a pas effleuré que tu aies envie de venir avec moi.

— Non, c'est moi qui m'excuse. Ma place n'est pas auprès de toi. Après ce que mon père a fait à ta famille…

Il l'attira contre lui.

— Regarde-moi, Imma. Cette histoire n'a plus d'importance pour moi. C'est terminé. Jeté aux oubliettes. Simplement je ne voulais pas te mettre dans une situation inconfortable, en t'obligeant à mentir et faire semblant d'être amoureuse…

Elle noua les bras autour de son cou.

— Il ne s'agit pas de moi, mais de ta mère. Si tu as envie que je sois là, je serai à tes côtés.

— J'en ai très envie, murmura-t-il contre sa bouche.

Ils étaient à peu près à une heure de Florence quand de la fumée s'échappa de sous le capot de la voiture. Vicè se gara sur le bas-côté et coupa le moteur en pestant.

— Que se passe-t-il ?

— Probablement le radiateur en surchauffe.

Il sortit pour vérifier et revint s'asseoir quelques minutes plus tard.

— C'est ce que je pensais. Rien de grave, mais je dois attendre que le moteur refroidisse avant de remettre de l'eau. Cette vieille voiture de collection est un peu capricieuse.

— Je n'y connais rien, avoua Imma. Je ne sais même pas conduire.

Il lui jeta un regard stupéfait.

— Ah bon ? Pourquoi ?

— Je n'en avais pas l'utilité, répondit-elle, rouge de confusion. *Papà* ne m'autorisait pas à sortir seule. De toute façon, j'ai un chauffeur.

Elle regretta aussitôt d'avoir encore une fois mentionné son père. C'était déplacé.

Mais Vicè ne releva pas.

— Je t'apprendrai, si tu veux. Peut-être pas sur cette berline lunatique. J'ai d'autres voitures.

— Tu ferais cela ?

— Bien sûr. Nous avons un an devant nous, c'est largement suffisant.

Elle garda le sourire. Malgré tout, l'allusion constante à leur arrangement temporaire la blessait. Elle chercha un sujet neutre.

— Pourquoi as-tu choisi cette voiture aujourd'hui, si elle n'est pas fiable ?

— Ma mère l'aime beaucoup. Elle appartenait à mon père, et nous avons beaucoup bricolé dessus ensemble, quand j'étais adolescent, expliqua-t-il sur un ton nostalgique.

— Les hommes aiment transmettre ce genre de savoir-faire à leurs fils.

Vicè se figea.

— C'était juste *papà* et moi. Ciro détestait avoir les mains dans le cambouis.

— Alessandro doit beaucoup te manquer, murmura-t-elle, la gorge serrée.

— Je pense à lui tous les jours. Je regrette que tu ne l'aies pas connu. Vous vous seriez bien entendus.

— Moi aussi, je regrette. Apparemment, c'était un vrai gentleman, plein de bonté.

En fait, tout l'opposé de Cesare Buscetta.

— Il n'avait pas de défaut, aucun échec. Enfin, si… Un seul.

Vicè s'interrompit avec un sourire mélancolique.

— Moi.

Choquée par la brutalité de cette affirmation, Imma garda un instant le silence.

— Non, je ne crois pas, articula-t-elle lentement.

— Si. D'ailleurs, tu t'en es rendu compte par toi-même.

Elle secoua la tête.

— Je n'aurais pas couché avec toi…

— Si, *cara*. Tu es une belle personne. Tu ne t'arrêtes pas aux apparences, tu ne condamnes pas et tu cherches à comprendre. Tu es ainsi, Imma. Tu prends soin des gens… Tu révèles ce qu'il y a de meilleur en eux.

— Toi aussi. D'ailleurs, tout le monde t'aime, à Portofino.

— Tu te trompes, protesta-t-il. Ils aiment seulement l'image que je leur renvoie.

— Tes relations avec ton père étaient différentes.

— Oui. Il voyait clair en moi, connaissait mes faiblesses et m'aimait envers et contre tout, inconditionnellement.

Il marqua une pause.

— Une fois, tu m'as demandé pourquoi il ne nous avait pas appelés à l'aide, Ciro et moi. Tu te rappelles ? Tu m'as dit que ses fils avaient été incapables de le tirer d'affaire.

— J'étais en colère.

— Mais tu avais raison. Enfin, presque. Il ne pouvait pas me solliciter parce que je lui avais emprunté de l'argent. Une fois de plus.

Ses épaules se voûtèrent, comme sous le poids d'un fardeau trop lourd.

— Il aurait pu se tourner vers Ciro… Mais il ne l'a pas fait par égard pour moi, pour ménager mon orgueil et ma susceptibilité. Et il est mort à cause de cela, à cause de moi.

— Mais non, Vicè.

— Si, déclara-t-il d'une voix brisée. Tu as vu juste. Ma vie entière est une mascarade. Mon père a fermé les yeux pour préserver mon amour-propre, et cela l'a tué. J'en ai pris conscience trop tard, alors que j'aurais pu être le fils qu'il voulait et dont il avait besoin. Si j'avais changé de comportement, il serait peut-être encore vivant.

Il paraissait si malheureux qu'Imma en eut les larmes aux yeux. Elle lui prit la main.

— Il t'aimait tel que tu étais et n'a fait que son devoir de père. D'ailleurs, tu n'es pas le seul à qui il aurait pu s'adresser. Avec sa réputation, il connaissait beaucoup de monde. Mais il avait probablement lui aussi beaucoup d'orgueil.

Il pressa doucement ses doigts.

— Tu es une personne merveilleuse, Imma. Je regrette de t'avoir fait souffrir.

— C'est oublié.

Elle lui caressa la joue.

— Tu as pardonné à mon père, et je te pardonne aussi.

— Je ne le mérite pas. J'aurais dû calmer Ciro. Mais je me sentais coupable parce que notre père était mort à cause de moi.

Il plissa le front.

— Ensuite, comme d'habitude, j'ai tout gâché…

— Non, c'est lui qui a tout gâché, rectifia Imma. Si Claudia ne l'avait pas entendu te dicter un message, je n'aurais pas regardé ton portable. C'est la faute de Ciro, pas la tienne.

Vicè lui lança un regard perplexe. Elle prenait vraiment les choses à cœur.

— Cela ne change rien à ma responsabilité. J'avais honte de moi. Comme il était plus facile de rejeter le blâme sur ton père, j'ai préféré cette solution et je t'ai fait souffrir en t'embarquant dans cette histoire de vengeance.

— En tout cas, tu n'es pas plus coupable que Ciro, déclara-t-elle fermement. Ou que ton père. Ou le mien. Ils sont tous responsables de leurs actes. Tout comme moi. Je ne suis pas une victime, et tu n'es pas le méchant.

Quelque chose céda, à l'intérieur de Vicè, tandis qu'elle lui parlait.

— Chacun de nous chemine sur la voie de l'existence, Vicè. Chaque jour nous offre une nouvelle chance de nous améliorer. J'ai au moins appris cela avec toi. Tu devrais peut-être l'accepter et te détacher du passé ?

Les paroles d'Imma l'apaisaient. Pour la première fois depuis la mort de son père, et sans doute depuis beaucoup plus longtemps encore, un grand calme se faisait en lui. Le poids des secrets qu'il s'évertuait à cacher s'allégeait.

Imma avait raison. Avant, le scénario qui régissait ses relations avec son père et Ciro semblait écrit d'avance et il le suivait aveuglément. Mais il avait changé.

Il se pencha vers elle.

— Tu es une femme remarquable, Imma. Si seulement je pouvais revenir en arrière et effacer le mal que je t'ai fait…

— Je sais. Mais je t'ai pardonné, je te l'ai dit.

Elle hésita.

— Pour te le prouver, j'ai décidé de te céder l'entreprise dès maintenant. Je n'attendrai pas un an. Je signerai les papiers dès notre retour à la villa.

Il la considéra avec une expression abasourdie. Au départ, il l'avait épousée dans ce seul et unique but. Maintenant qu'il l'atteignait, cela ne l'intéressait plus…

— Je n'en veux pas.

À peine les mots eurent-ils franchi ses lèvres qu'un soulagement intense l'envahit. Ciro aurait beau crier et tempêter, la vengeance, pour lui, n'était plus à l'ordre du jour.

Ce fut au tour d'Imma de le dévisager avec une profonde perplexité.

— Je ne comprends pas.

Il la serra dans ses bras.

— Au fond, je n'ai pas l'esprit de vengeance, *cara*. Un play-boy ne peut pas être vraiment méchant, n'est-ce pas ?

Le sourire d'Imma le rasséréna. Il n'avait plus honte et pourrait désormais la regarder en face.

Mais qu'adviendrait-il de leur *arrangement* ?

En théorie, ils n'avaient plus de raison de rester mariés. Néanmoins, la perspective de ne plus se réveiller à côté d'Imma l'étreignait de tristesse.

Il n'avait pas la moindre envie de prendre des distances. Et, à en juger par la mine d'Imma, elle non plus.

— Vivons malgré tout cette année ensemble. Cela me permettra de travailler sur moi et de progresser ! plaisanta-t-il.

Ensuite, Imma repartirait de son côté et il retournerait à ses vagabondages.

Sans attendre sa réponse, il se pencha vers la banquette arrière et attrapa une bouteille d'eau.

— Je m'occupe de ce radiateur et nous redémarrons.

— Par ici.

La mine soucieuse, Vicè suivit son oncle Carlo dans le somptueux appartement Renaissance.

— Elles sont dans le salon, dit Carlo en ouvrant une porte.

Il s'inclina devant Imma.

— Elles vont être ravies de vous voir !

Vicè glissa un regard en direction d'Imma. Il n'en revenait pas de cette conversation dans la voiture. Jamais il n'avait parlé ainsi de ses relations avec son père, ni de ses peurs secrètes. Pas même avec Ciro ou sa mère.

Surtout avec eux.

C'était si facile, avec Imma ! Elle écoutait sans porter de jugement, et le traitait avec douceur et gentillesse, comme quelqu'un qui aurait eu un accident. Il avait souvent cette impression d'être un grand blessé, pas physiquement mais moralement, avec une douloureuse sensation de manque, indéfinissable.

Maintenant il se sentait plus léger. Imma l'aidait à se réconcilier avec son passé. Pour la première fois depuis des mois, il pouvait évoquer son père sans suffoquer de culpabilité et de rage contre lui-même.

— Vicenzu, mon chéri ! Et Imma ! C'est merveilleux !

La pièce s'emplit soudain d'exclamations, d'éclats de rire et de larmes.

— Ne pleure pas, *mamma*. Je suis là. Tiens, *zia* Carmela ! dit Vicè en tendant un bouquet de fleurs à sa tante.

Il s'accroupit pour embrasser sa mère.

— Celles-ci sont pour toi, ajouta-t-il en lui offrant une énorme gerbe de roses.

Audenzia avait la cheville un peu enflée, mais rien de grave. Et sa voix n'avait rien perdu de sa fermeté.

— Alors, voici ma belle *nuora*. Imma, merci pour votre visite. Je suis si contente de faire votre connaissance !

— Merci, *signora* Trapani…

— *Mia cara*, appelez-moi Audenzia, je vous en prie. Venez vous asseoir près de moi, tous les deux. Toi aussi, Carmela. Racontez-moi votre mariage et montrez-moi les photos. Carlo, *per favore*, mets ces roses dans un vase.

Vicè donna son portable à sa mère. Il se sentait calme, heureux et détendu comme il l'avait rarement été.

— J'aimerais avoir celle-ci, dit Audenzia en s'arrêtant sur une photographe particulièrement réussie.

Ce n'était pas un selfie, comme la plupart, mais un cliché pris par un préposé à la mairie. Ils se regardaient dans les yeux, et le visage d'Imma était empreint d'une grande douceur.

Il eut envie de s'excuser. Encore.

Comment avait-il pu se marier ainsi, à la va-vite ? Quelle indignité… Imma portait la même robe que pour le mariage de sa sœur, et la cérémonie avait été expédiée en quelques minutes.

— Et aussi celle-ci…, murmura sa mère avec émotion.

Elle continua à bavarder avec lui pendant que Carmela faisait visiter l'appartement à Imma.

— Tu dois être très amoureux, pour l'avoir épousée aussi vite, *babà*.

Bourrelé de remords, Vicè songeait à l'album de mariage de ses parents, si romantique… Il se félicita presque que son père ne soit pas le témoin de ce mensonge.

— Je suis désolé, *mamma*…, commença-t-il.

Mais sa mère l'interrompit en secouant la tête avec compréhension.

— De quoi ? La solennité n'est pas obligatoire. Seul le bonheur compte. Vous êtes si *simpatici* ensemble. Quel dommage que ton père ne soit plus là. Il aurait été tellement fier !

Vicè se força à sourire. Intérieurement, il était déchiré. Étrangement, il oubliait parfois qu'Imma et lui ne formaient pas un vrai couple, et il semblait naturel de l'avoir ici avec lui.

Sa mère le félicitait pour une chose dont il était incapable, donner et recevoir de l'amour…

— Oh ! Carlo ! Merci ! s'écria Audenzia quand son beau-frère apporta un plateau avec des coupes de prosecco. À la santé de Vicenzu et d'Imma ! *Cent'anni !*

Cent ans.

C'était une expression toute faite, songea Imma en levant son verre. Malgré tout, la joie d'Audenzia lui serrait le cœur. En plus de la culpabilité, elle éprouvait une sensation vaguement désagréable, qu'elle n'arrivait pas à analyser.

Après le déjeuner, qu'ils prirent sur le balcon, au-dessus d'un jardin magnifique, elle se retrancha dans une réserve polie. Elle n'arrivait plus à se concentrer. Son esprit la ramenait constamment à la conversation dans la voiture.

Le masque de Vicè était tombé, révélant une vérité insoupçonnée.

Audenzia posa une main sur son bras.

— Imma, j'adore mon fils. Toutefois, il a quelques défauts contre lesquels j'aimerais vous mettre en garde. Par exemple, il ne doit pas boire trop de vin rouge. Cela le rend grincheux.

Vicè leva les yeux au ciel.

— Je suis là, *mamma* !

— Eh bien, va avec Carmela, chercher les albums de photos pendant que je parle avec ma belle-fille.

— C'est une ruse grossière ! protesta-t-il en riant.

— Bien sûr, acquiesça sa mère, les yeux pétillants de malice. Nous avons besoin de bavarder toutes les deux.

Imma lui sourit avec une affection sincère.

— Si seulement je pouvais vous montrer le jardin, reprit Audenzia. L'œuvre de Carlo. Mon Alessandro aussi avait la main verte. Il pouvait faire pousser n'importe quoi. Quand il a acheté le domaine, en Sicile…

Une ombre passa sur le visage d'Imma, et Audenzia lui tapota gentiment la main.

— Ne soyez pas triste, continua la mère de Vicè. J'adorais ma vie là-bas, mais j'ai grandi à Florence. Je suis heureuse d'y être revenue. C'était différent pour Alessandro. Il avait cette terre dans le sang. Comme Vicenzu.

Imma fut décontenancée. Vicè lui semblait infiniment plus attaché au cadre de La Dolce Vita qu'à la propriété familiale.

— Avait-il l'intention de succéder à son père ?

— Quand il était petit, il ne pensait qu'à cela. Cela faisait très plaisir à Alessandro, mais il ne voulait pas l'influencer.

Le sourire d'Audenzia s'effaça.

— Vicenzu idolâtrait son père. Malheureusement, à cause d'un complexe d'infériorité incompréhensible, il a fini par abandonner l'idée de marcher dans les pas d'Alessandro. Mais mon mari serait ravi de savoir que l'entreprise est de nouveau dans la famille, et que Vicenzu vous a épousée.

Elle serra affectueusement la main d'Imma.

— Vous avez percé ses défenses et vous l'aimez.

— Oui, acquiesça Imma machinalement.

En même temps qu'elle prononçait ce simple mot, son cœur se dilata et s'ouvrit comme une fleur qui s'épanouit. Elle se rendit compte avec un choc qu'elle était sincère et ne faisait pas semblant.

Elle aimait Vicè.

Elle répéta cet aveu en son for intérieur, avec ferveur et émotion.

Serait-ce possible… que Vicè éprouve la même chose ?

Il ne le lui avait jamais laissé entendre. Mais peut-être, comme elle, n'en avait-il pas conscience ?

Le trajet de retour jusqu'à Portofino fut plus rapide que l'aller. Et plus calme aussi.

Les yeux fixés sur la route, Vicè n'était pas d'humeur bavarde. Absorbée dans ses propres pensées, Imma ne semblait pas s'en apercevoir.

Tant mieux. La journée avait été suffisamment riche en émotions.

— Tu as l'air fatiguée, *cara*, remarqua-t-il en arrivant à la villa.

Elle secoua la tête.

— Je réfléchis. Je veux retourner en Sicile avec toi.

Il se sentit soulagé. Cette visite à sa mère l'avait rendue nostalgique. Il était facile de la réconforter. Il n'avait lui-même aucune envie de voir Cesare, mais il rendrait visite à ses vieux amis pendant qu'Imma serait avec son père.

— Je comprends tout à fait. Nous pouvons partir demain et rester quelques jours.

Elle hésita.

— Je ne parle pas d'un court séjour. Je veux m'installer définitivement là-bas.

— Ce n'est pas tout près de Portofino ! lança-t-il avec une désinvolture forcée. Je ne pourrai pas longtemps faire la navette !

Mais Imma était sérieuse. Ses grands yeux pleins d'espoir le mirent mal à l'aise.

— D'où te vient cette idée ?

— Notre visite à ta *mamma* m'a fait réfléchir… à notre situation…

Il se tendit.

— C'est difficile, je sais. Moi non plus, je ne suis pas fier de lui mentir.

— Toute la question est là. Je ne mentais pas.

— Je ne comprends pas…

Paniqué, il cherchait à gagner du temps pour ne pas voir la vérité qui se lisait sur son visage pur.

Elle le regardait avec amour.

— Je n'ai pas besoin d'un an pour savoir ce que je veux, Vicè. Je le sais déjà. Installons-nous en Sicile tous les deux.

Il s'obligea à la regarder dans les yeux.

— Pour moi, c'est impossible. Ma vie est ici.

— Nous pourrions gérer ensemble l'entreprise de ton père.

Vicè en avait tellement rêvé, jadis ! L'espace d'une fraction de seconde, il entrevit les oliveraies au soleil… Il sentait presque les mottes de terre sous ses semelles. Puis il se remémora le sourire indulgent de son père, qui cachait si mal sa déception.

— Non, *cara*. J'ai choisi une autre voie.

Elle s'effondra.

— Mais… Je croyais… Ta mère…

— Elle regrette son passé, et son mari lui manque. Mais je ne suis pas mon père.

Une rage sourde envahit Vicè. Pourquoi Imma agissait-elle ainsi ? Tout allait bien, et elle avait tout gâché.

— La vie que je mène me satisfait entièrement, déclara-t-il avec raideur.

Elle sursauta comme s'il l'avait giflée.

— Tu m'as demandé cette année comme une faveur, ajouta-t-il, aveuglé par une colère inexplicable. Je t'ai rendu service en te l'accordant. Tu ne dois rien attendre de plus.

Sidérée, elle ne répondit pas immédiatement.

— Finalement, je n'ai pas besoin de toi. Je me débrouillerai seule.

Il était allé trop loin.

— Je suis désolé, Imma.

— Ne t'excuse pas. Rappelle-toi, nous étions d'accord pour ne plus nous mentir.

« Étant donné les circonstances, il est inutile que je prolonge mon séjour ici. »

Que pouvait-il dire ? *Reste, au moins pour le sexe… ?*

— Puisque l'entreprise ne t'intéresse plus vraiment, je vais la remettre au nom de mon père… Je vais faire mes bagages, ajouta-t-elle quand il ne répondit rien.

Vicè n'avait jamais rien ressenti de pareil, même lorsque sa mère lui avait annoncé la mort de son père. Il avait le cœur à vif.

Mais que pouvait-il faire ? Certainement pas infliger à Imma la même désillusion qu'à son père. Il ne voulait pas de son amour. Il n'en était pas digne. Il avait trop de défauts et finissait toujours par détruire ce qu'il avait entre les mains.

10.

— Quelle fête réussie, Vicè !

Il adressa son plus beau sourire à la pop star qui battait des cils devant lui.

— Merci, Renée. Je voulais que tout soit parfait pour fêter ton disque d'or.

Vêtue d'une minirobe rouge provocante, la jeune femme eut une moue de coquetterie.

— Nous pourrions célébrer mon succès en privé ?

Le pouls de Vicè s'accéléra. Renée était belle, sexy, mais…

Il secoua la tête en faisant semblant de regretter.

— Désolé, je dois encore superviser pas mal de détails…

De toute façon, il ne mélangeait pas le business et le plaisir.

Il maugréa intérieurement. Qui croyait-il tromper ? Ce n'était pas la vraie raison. Une seule femme lui faisait envie, et il l'avait laissée partir. Il y avait déjà plus de cinq semaines.

Un rictus amer déforma ses lèvres. Il avait lui-même reconduit à l'aéroport la femme qu'il aimait !

Il sursauta tout à coup, si fort qu'il faillit renverser sa flûte de champagne.

La femme qu'il aimait !

Il répéta ces mots dans son esprit, certain qu'une voix

puissante allait s'élever pour en dénoncer l'énormité. Au lieu de quoi, l'écho lui revint avec force.

Il l'aimait.

Évidemment.

Mais il l'avait repoussée plutôt que de l'admettre. À elle et à lui-même. Maintenant qu'elle était partie, il devrait vivre sans elle en se reprochant à tout jamais d'avoir forgé son propre malheur.

— Pardon, Renée, je ne voulais pas jouer à l'important.

Il leva la main en montrant son alliance.

— En fait, ma femme me manque.

La star rougit.

— Oh… Je ne savais pas…

— Ce n'est pas grave. Amuse-toi bien.

— Merci, Vicè. Toi aussi.

Elle lui envoya un baiser du bout de ses lèvres carminées et s'éloigna en ondulant des hanches.

Saisi par un abattement incoercible, Vicè se détourna, délaissant les rires, la danse et les conversations enjouées. La dernière fois qu'une fête avait eu lieu sur son yacht, Imma était avec lui. Sans elle, il éprouvait un vide immense. Son existence n'avait plus aucun sens. Son mode de vie, *dolce farniente*, ne menait à rien.

Quelle ironie ! Elle prétendait avoir besoin d'une année pour se chercher, mais c'était lui qui ne savait plus qui il était, ni ce qu'il voulait.

Jusqu'à maintenant.

Cela n'avait servi à rien de la rejeter. Son cœur lui appartenait.

Seulement, c'était trop tard.

Il s'était bouché les yeux et les oreilles pour ne pas reconnaître les signes de ce qui arrivait. Par peur. Il n'avait pas eu le courage de la retenir.

Il était lâche et stupide. En jouant les désinvoltes, il

n'avait réussi qu'à s'enfermer davantage dans un univers froid et superficiel.

Cet aveu le faisait souffrir, mais il ne voulait plus se mentir à lui-même et nier la réalité de ses sentiments à l'égard d'Imma. Sa *dolce vita* avait brusquement un goût amer. La douleur de la perte le terrassait, aussi intense qu'à la mort de son père.

Fermant les paupières, il se remémora le visage d'Alessandro. Il lui manquerait toujours, mais avec le temps son chagrin devenait moins violent. Vicè revoyait des moments heureux. Des repas de famille. Des histoires lues à voix haute le soir avant de dormir. Il se souvenait de ses parents dansant tendrement ensemble, avec Alessandro qui fredonnait doucement.

C'était grâce à Imma qu'il avait surmonté son deuil. Elle l'avait aidé à mettre des mots sur ses peurs, à affronter des problèmes d'autant plus effrayants qu'il ne les avait jamais formulés.

Imma s'était peu à peu insinuée en lui, et il était devenu meilleur à son contact. Il avait même réussi à gagner sa confiance.

Les battements de son cœur se précipitèrent.

Imma aussi avait puisé des forces en lui. Avec lui, elle avait sauté dans l'inconnu, rompant avec l'autorité paternelle qui l'étouffait. À Pantelleria, elle lui avait offert sa virginité, et un mariage de pure convenance qui l'aiderait à s'affranchir définitivement.

Elle avait même suffisamment confiance en lui pour l'aimer.

Les yeux fixés sur la mer, Vicè prit une décision. Il était temps qu'il se fasse confiance, lui aussi.

Relevant ses lunettes de soleil sur sa tête, Imma considéra l'étal de la marchande et choisit des pêches bien mûres.

Il n'y avait pas si longtemps, elle rêvait de cette liberté de déambuler ainsi dans un marché à ciel ouvert, sans la présence envahissante des gardes du corps.

Pourtant, cela ne suffisait plus à son bonheur. Elle était trop malheureuse d'avoir perdu Vicè. Elle sourit poliment à la vieille dame, prit sa monnaie et poursuivit son chemin.

Elle avait choisi sur un coup de tête la petite ville de Cefalù, au nord de la Sicile. Cinq semaines plus tard, elle s'en félicitait. Elle s'y plaisait beaucoup.

La villa qu'elle louait se situait un peu en dehors de la ville, à l'écart du bruit et de l'animation. Cette retraite paisible lui convenait. C'était tout ce dont elle avait besoin pour panser ses plaies.

Quand elle repensait aux dernières heures à Portofino, elle se sentait triste et mal à l'aise. Tout à son excitation et son impatience, elle s'était complètement trompée sur les sentiments de Vicè. Mais sa dureté l'avait vite ramenée à la réalité.

Non seulement il n'avait pas besoin d'elle, mais il ne l'aimait pas.

Pourquoi avait-il insisté pour la reconduire à l'aéroport ? Jamais elle n'oublierait ce dernier trajet interminable et silencieux jusqu'à Gênes.

Au terminal de l'aéroport, elle avait refusé qu'il l'accompagne à l'intérieur. Il n'avait pas insisté. Peut-être était-il décontenancé par son mutisme et la soudaineté de sa décision. Plus probablement, il était soulagé d'être enfin libéré d'obligations qui lui pesaient…

En arrivant à la villa, Imma s'obligea à ranger ses courses avant de vérifier les messages sur son portable. Au début, elle regardait constamment, d'une manière compulsive. Au fil des heures, puis des jours et des semaines, elle avait fini par se raisonner.

Avant de partir, elle avait convenu avec Vicè de ne rien dire à leurs familles. Cela valait mieux ainsi, pour tout le monde. De cette façon, elle coupait court aux reproches de son père. Elle n'avait pas non plus envie de se confier à Claudia, qui semblait très heureuse. Elle aurait craint de compromettre le fragile équilibre et la paix qu'elle avait atteints.

Car elle attendait un bébé.

Imma aurait aimé la voir, bien sûr, mais Claudia avait refusé net. Elle devenait adulte et voulait sans doute se prouver qu'elle pouvait se débrouiller seule.

Imma continuait donc à appeler son père et sa sœur tous les deux jours comme si de rien n'était, en évitant de s'attarder sur Vicè.

Elle n'allait pas très bien. Se hisser hors du lit chaque matin lui demandait un effort surhumain. Curieusement, Audenzia était la seule personne à laquelle elle aurait eu envie de parler. Pendant les quelques heures passées en sa compagnie, elle avait admiré sa force tranquille et son amour de la vie.

Dans d'autres circonstances, elle aurait cultivé avec plaisir leur relation.

À présent, évidemment, c'était impossible.

Presque aussi impossible que d'arrêter le flot incessant des regrets, des questions et des suppositions qui l'assaillait sans répit.

Elle se tourna vers la fenêtre et ferma les yeux. *Que faisait Vicè, en ce moment ?*

Elle rouvrit les paupières en s'interdisant de sombrer dans des interrogations stériles. Tous les matins, elle se promettait de ne pas penser à Vicè avant midi. Aujourd'hui, elle y était presque arrivée.

Imma décida d'aller pique-niquer sur la petite plage, au fond de la crique. Ensuite, elle contempla la mer et les ferries en partance pour Naples. Cela l'apaisait. Elle imaginait les rêves des passagers qui s'en allaient à l'aventure sous d'autres cieux.

Même si elle avait le cœur brisé, sa vie n'était pas finie pour autant. Elle se remettrait. Vicè ne l'aimait pas, mais elle ne regrettait pas les moments partagés avec lui. Il lui avait appris à être courageuse et à prendre des risques.

Oui, elle l'aimait encore. Peut-être pour toujours. Malgré tout, elle se préparait à affronter de nouveau le monde…

Imma se leva, frotta le sable sur ses jambes et remonta vers la maison en escaladant les rochers.

Tout à coup, elle s'immobilisa.

Quelqu'un l'attendait. Un homme. Habillé d'une manière totalement incongrue, avec un costume sombre.

Son cœur cogna dans sa poitrine.

Pas parce qu'elle avait peur d'un inconnu.

Elle le connaissait. Elle le fixa avec colère et stupéfaction tandis qu'il approchait à sa rencontre.

Comment l'avait-il retrouvée ? Et pourquoi ?

Il n'avait pas le droit de troubler sa retraite alors qu'il lui était si difficile de l'oublier.

— Bonjour, dit-il doucement.

Elle redressa le menton.

— Comment m'as-tu retrouvée ?

— Avec beaucoup de difficultés.

Elle ne lui rendit pas son sourire, et il haussa les épaules.

— Que fais-tu ici, Vicè ?

— J'avais rendez-vous avec mon avocat, ce matin. Pour remplir des papiers.

Les mots se télescopèrent dans l'esprit d'Imma. Puis elle aperçut une grande enveloppe, dans sa main, et une douleur intense la transperça. Il demandait le divorce.

— Tu avais accepté de me donner un an, objecta-t-elle en s'exhortant au calme.

Il détourna le regard.

— Je ne peux pas attendre aussi longtemps.

Elle faillit pousser un hurlement de rage. Quelle cruauté, quelle injustice, d'aimer un homme sans retour ! Mais elle s'était déjà humiliée en se mettant à nu.

— Bien. Donne-moi les papiers, je les signerai.

— C'est déjà signé.

Il approcha d'un pas, et elle recula aussitôt, sans se soucier de trahir son émotion.

— Ton père a signé ce matin.

Elle comprit brusquement.

— Tu es revenu pour récupérer l'entreprise.

— Ton père me l'a restituée, confirma-t-il d'un ton neutre.

Pourquoi éprouvait-elle une douleur aussi atroce ? Malgré tout ce qu'il avait dit dans la voiture en allant à Florence, il n'avait jamais poursuivi d'autre objectif.

Mais pourquoi Cesare avait-il cédé ?

— Tu lui as parlé de nous ? demanda-t-elle.

Il secoua la tête.

— Alors comment… ?

— Je l'ai menacé. J'en sais suffisamment sur lui pour le ruiner.

— Du chantage ? Ces méthodes ressemblent plus à mon père qu'à toi…

— En effet. J'ai gardé ce dernier argument pour la fin.

Il passa une main dans ses cheveux.

— Je lui ai d'abord proposé de racheter la Trapani Olive Oil Company. Au prix qu'il fixerait lui-même.

— Quoi !

— Je ne suis pas comme ton père, *cara*. Je n'use pas de procédés malhonnêtes pour acquérir ce que je veux. J'ai payé ce qu'il demandait, deux fois plus que ce qu'il a donné à mon père, pour que toi et moi puissions tourner la page.

Imma se figea.

— Je ne comprends pas…

— Tu m'as demandé pourquoi j'étais là. Pour toi, *cara*. J'ai racheté l'entreprise pour nous.

— Ce *nous* n'existe pas, objecta-t-elle.

— Si. Mais il a fallu que tu partes pour que je m'en rende compte. Je t'aime, Imma. Je veux vivre avec toi.

Sa voix tremblait, maintenant.

— Tu m'as aidé à découvrir qui j'étais et ce que je voulais au fond de moi. Je veux être ton mari. Pour de vrai et pour toujours.

Il lui prit les mains.

— Je regrette de ne pas t'avoir retenue. Mais lorsque tu as parlé de gérer l'entreprise à nous deux, j'ai paniqué. Je gâche toujours tout, *cara*… Je suis tellement désolé de t'avoir fait souffrir ! Je me rachèterai.

« Je n'aurais jamais dû te laisser partir. Mais en t'obligeant à rester, j'aurais eu l'impression de me comporter égoïstement, comme le Vicè que j'étais avant de te rencontrer.

« Sauf que tu me manquais trop. Je suis allé voir *mamma* et je lui ai tout raconté. »

— *Tout ?* demanda Imma, choquée.

— Oui. J'en avais assez de mentir à tout le monde… et à moi-même.

« C'est la première fois qu'elle s'est mise en colère contre moi. *Cavolo*, elle était furieuse. Elle m'a dit qu'elle avait honte, que mon père aussi aurait eu honte, et que je devais tout arranger. »

Imma posa une paume sur son torse.

— Tu lui as expliqué ce que mon père avait fait ?

— Un peu.

— Quand tu es allé voir Cesare, l'as-tu menacé à cause de ta mère ?

— Non, je voulais lui faire sentir ce que cela signifiait d'être aux abois.

Il eut un sourire malicieux.

— Je lui ai demandé de faire un don à une œuvre caritative, la préférée de ma mère. Du montant exact de la différence entre ce qu'il a payé à mon père et ce que j'ai payé.

Elle lui rendit son sourire avec une expression complice.

— Je me croyais indigne de ton amour, *cara*. Si je le suis, je ferai tout pour m'améliorer.

— Alors, tu ne veux pas divorcer ?

— *Non.*

Il lui jeta un regard inquiet.

— Et toi ?

Elle secoua la tête, et il enfouit son visage dans ses cheveux avec un long soupir de soulagement.

— Dans ce cas, j'ai quelque chose pour toi.

Il sortit un écrin de sa poche.

— Comme tu n'as pas eu de bague de fiançailles, je t'offre cet anneau d'éternité. Tout un symbole… C'est le temps que je veux passer auprès de toi.

Les larmes aux yeux, Imma glissa le magnifique anneau d'émeraudes à son doigt.

— Oh ! Vicè…

Il essuya tendrement ses joues humides.

— Il me restait de l'argent. C'était cela ou jouer au poker.

— Comment cela ?

— J'ai vendu La Dolce.

Elle en resta bouche bée.

— Mais pourquoi ?

— J'avais besoin de fonds avant d'aller voir ton père. Et je ne voulais pas solliciter Ciro.

— Mais tu aimais La Dolce !

— Je n'en ai plus besoin. C'est toi, la douceur de ma vie, *cara*. Maintenant et pour toujours.

Épilogue

D'après Manfredi, le plus ancien employé du domaine Trapani, cette fin septembre battait tous les records de chaleur. Mais Imma, indifférente à la canicule, flânait nonchalamment parmi les oliviers.

Elle avait parlé à Claudia, ce matin-là, et les bonnes nouvelles de sa sœur éclipsaient tout le reste dans son esprit.

Presque tout le reste… Pour le moment, en tout cas.

Humant les odeurs de terre et de feuilles, elle repensa à leur conversation.

Claudia et Ciro étaient amoureux. Tous les deux, cette fois. Et heureux. Quelle joie !

Un frisson courut sur sa peau. Elle aussi était heureuse.

Elle leva les yeux sur un groupe d'hommes, à quelques mètres de là, et son regard se fixa plus attentivement sur l'un d'eux.

Vicè gesticulait en discutant avec animation. Elle combattit une impulsion presque irrépressible d'écarter les autres pour l'emmener à la villa, dans leur chambre.

— Imma !

Son cœur bondit dans sa poitrine. Le son de cette voix lui donnait toujours des bouffées d'allégresse. Plusieurs fois par jour, elle avait besoin de se répéter que Vicè était son mari *pour de vrai* et *pour toujours.*

Il s'approcha, le sourire aux lèvres. Avec ses bottes

de travail, son pantalon délavé et sa chemise en jean aux manches relevées, elle le trouvait insupportablement sexy.

— *Signora* Trapani…

Il la serra contre lui et chercha impatiemment sa bouche.

Derrière eux, des sifflets et des rires retentirent bruyamment.

— Vicè, tout le monde nous regarde, chuchota Imma.

— Alors, esquivons-nous…

Les joues roses d'Imma trahissaient son désir. Pour Vicè, cela tenait du miracle. Non seulement qu'elle ait envie de lui, mais qu'elle l'aime…

Il n'y avait pas de mots pour décrire ce qu'il éprouvait. Il se sentait le plus heureux des hommes.

Les doutes et les regrets appartenaient désormais au passé. Les efforts qu'il avait déployés pour conquérir Imma lui auraient sans nul doute gagné l'estime et le respect de son père.

La vie n'avait jamais été aussi douce.

Il lui prit le bras avec entrain.

— Cette robe te va bien. Tu es très belle avec, mais tu seras encore mieux sans, murmura-t-il.

Imma sourit et hésita.

— Claudia m'a appelée.

Il jura intérieurement. *Cavolo.*

— Ciro m'a également téléphoné. Il avait l'air content. Claudia aussi ?

— Oui. Mais…

Elle s'interrompit, et il s'arrêta pour l'interroger du regard.

— Mais quoi ? Qu'y a-t-il, *cara* ? Tu peux tout me dire.

Elle se mordit la lèvre.

— Elle peut vraiment y croire, cette fois-ci ? Il l'aime vraiment ou il dit cela à cause de votre *mamma*…

Il détestait la voir aussi anxieuse.

— Quand *mamma* lui a parlé, ils avaient déjà réglé leurs problèmes. Ne t'inquiète pas, *cara*. Franchement, mon frère a l'air comblé. Il est fou amoureux.

Il serra ses doigts entre les siens.

— Ce qui leur arrive est aussi vrai que pour toi et moi. Le reste est loin derrière. J'ai parfois l'impression que c'est arrivé sur une autre planète.

— Moi aussi.

Elle marqua une pause.

— Claudia a parlé à *papà*. Elle a exigé les mêmes conditions que moi.

Vicè l'enveloppa d'un regard fier. Imma était allée voir Cesare le lendemain de leur réconciliation et avait courageusement posé un ultimatum à ce père qui l'avait dominée toute sa vie. S'il ne changeait pas, Claudia et elle le banniraient de leur existence.

Cesare avait capitulé. Il avait même présenté des excuses.

— Pourquoi souris-tu ? demanda Imma.

— Je pense que tu seras une tante merveilleuse, *zia* Imma.

Elle le regarda tendrement.

— Et toi, en plus d'être un mari et un patron extraordinaires, tu seras un oncle fantastique.

— Attends la fin de la récolte, pour dire cela.

— Manfredi dit que tu as les mêmes qualités que ton père.

Le compliment alla droit au cœur de Vicè. Ses appréhensions n'avaient pas complètement disparu, et il craignait encore d'échouer à la tête du domaine. Mais la présence d'Imma à ses côtés le rassurait…

Elle était sa compagne, son égale. Ensemble, ils avaient déjà triomphé de la peur. Ils sauraient affronter l'avenir sereinement.

Le cœur d'Imma se gonfla à la vue de l'expression de Vicè, un mélange de tristesse et d'orgueil. L'héritage de son père revêtait pour lui une importance énorme.

— Tu seras *zio* Vicenzu ou *zio* Vicè ? demanda-t-elle.

— Pas Vicenzu, c'est trop sérieux. J'ai tellement hâte que ce bébé naisse ! J'espère qu'il ressemblera aux Trapani.

— Ce sera peut-être une fille.

— Non, j'ai beaucoup d'intuition.

— Naturellement, elle est infaillible, j'imagine ?

Comme il hochait la tête avec fierté, elle lui prit la main d'un air innocent et la posa sur son ventre.

— Et pour nous, alors ?

Il s'immobilisa, interdit.

— Tu es enceinte ?

— J'ai fait un test juste après le coup de fil de Claudia. Deux, en fait, pour être sûre ! Je voulais attendre le bon moment pour te l'annoncer. Mais tous les moments sont parfaits, avec toi.

« Tu es content ? » ajouta-t-elle d'une voix tremblante.

— Content ? Fou de joie !

Il l'étreignit contre son cœur qui battait aussi fort que le sien.

— Tu vas avoir un enfant de moi…

Il déposa un baiser sur ses lèvres et se rengorgea.

— Naturellement, je le savais. Mon intuition m'avait prévenu.

— Tu mens très mal, Vicenzu Trapani !

Il éclata de rire.

— C'est à cause de toi ! Je ne sais plus mentir.

— Je t'aime, Vicè.

Il l'embrassa de nouveau.

— Moi aussi, je t'aime, Imma.

Il la dévora des yeux, et elle frissonna de désir.

— Je n'ai qu'une envie, t'enlever cette robe. Dépêchons-nous.

Il la souleva dans ses bras et la porta jusqu'à la villa, dans leur chambre.

Vous avez aimé *Le pacte d'un Sicilien* ?
Retrouvez en numérique l'intégrale de votre série
« Les époux de Sicile ».

1. *Une vengeance sicilienne*, Michelle Smart
2. *Le pacte d'un Sicilien*, Louise Fuller

Retrouvez prochainement,
dans votre collection

AZUR

Pacte avec un milliardaire grec, de Julia James - N°4345
Toute sa vie, Rosalie a connu la pauvreté. Aussi est-elle troublée quand se présente à elle un milliardaire. Plus surprenant encore, Alexandros Lakaris lui propose un mariage de convenance ! L'occasion pour elle d'apprendre qu'elle est l'héritière secrète d'un magnat avec lequel Alexandros est en affaires. Si Rosalie est d'abord choquée d'être ainsi l'objet d'une transaction commerciale, elle accepte toutefois le marché d'Alexandros, pour les sortir de la misère, sa mère et elle. Et bientôt, c'est auprès de son nouvel époux qu'elle découvre un monde inconnu, luxueux et redoutable…

L'enfant de Santa Cruz, de Natalie Anderson - N°4346
Face à Javier Torres, Emerald voit les souvenirs affluer. Il a suffi que cet homme lui sourie pour qu'elle s'approche de lui. Qu'il la touche pour qu'elle s'enflamme. Hélas, il lui a menti sur son identité et la raison de son séjour à Santa Cruz. Il l'a trompée, manipulée, alors qu'elle lui offrait son cœur et son corps. Le revoir aujourd'hui, dix-huit mois après sa disparition, est un choc d'autant plus grand qu'il ignore tout de son précieux secret : Emerald a donné naissance à un petit garçon… Leur enfant.

Mon précieux scandale, de Maisey Yates - N°4347
Je n'oublierai jamais la première fois que j'ai vu Hercules Xenakis… Un dieu vivant. Un prince qui, à ma grande surprise, a voulu me connaître. Un homme dont je suis tombée amoureuse. Hélas, notre relation a volé en éclats quand je me suis découverte enceinte de lui, car le palais m'a imposé de garder le secret pour éviter tout scandale. Or voilà que, cinq ans après un exil silencieux, je me retrouve face à Hercules, qui exige de rencontrer son héritière…

Une secrétaire sous le charme, d'Ally Blake - N°4348
Avec Angus Wolfe, son patron, Lucinda entretient une relation professionnelle harmonieuse, teintée d'impertinence et de badinage, mais fondée sur l'honnêteté et le respect. En ce qui concerne le travail, tous deux sont faits l'un pour l'autre ! Hélas, quand leurs chemins se séparent à la sortie du bureau, Lucinda ne parvient pas à oublier Angus. Maman célibataire d'un petit garçon, elle n'a pourtant pas le loisir de fantasmer sur un homme qui lui est interdit… Même si, depuis quelque temps, il la couve d'un regard bien trop ardent.

Un traître pour amant, de Jennie Lucas - N°4349

Leo est apparu dans la vie de Daisy tel un miracle, un rêve, avec son regard ténébreux et son sourire dévastateur. Dès le premier instant, elle a été séduite par son charme viril, et tous deux savourent depuis lors des nuits exquises. Hélas, le monde de Daisy vacille quand elle apprend que son amant n'est autre que Leonidas Niarxos, l'homme qu'elle tient pour responsable de la mort de son père ! Anéantie, elle décide de le fuir sans lui révéler qu'elle attend son enfant. Jusqu'à ce que Leonidas découvre son secret…

La fiancée d'un Sicilien, de Maya Blake - N°4350

Mia est stupéfaite. Sur le pas de sa porte se tient Rocco, l'homme qui l'a brutalement abandonnée trois ans plus tôt, l'accusant des pires maux. Mais sa surprise se transforme en peur quand il lui révèle l'objet de sa visite : il vient de découvrir que Mia a eu un enfant de lui et compte bien faire de Gianni l'héritier des Vitelli ! Désemparée et craignant d'être séparée de son fils chéri, Mia accepte le mariage de convenance que lui propose Rocco…

Vengeance et lune de miel, de Jessica Gilmore - N°4351

Pour conclure une affaire et surtout assouvir une vengeance personnelle, Deangelo Santos a besoin… d'une épouse ! Or il sait déjà à qui demander de tenir ce rôle au cours d'un séjour à Rio de Janeiro. Harriet, sa très efficace assistante, est la candidate idéale, elle qui n'a jamais manifesté le moindre intérêt sentimental pour lui. Si son plan semble d'abord fonctionner à merveille, leur lune de miel improvisée paraît soudain bien trop réelle à Deangelo. En effet, à mesure qu'il côtoie Harriet, il se rend compte à quel point la jeune femme l'attire…

L'héritière du Kansas, de Susan Meier - N°4352

SÉRIE : *LES MILLIARDAIRES DE MANHATTAN* - 1/3

Leni a grandi à Mannington, dans le Kansas – un petit village tranquille où il ne se passe pas grand-chose. Aussi est-elle sidérée de voir débarquer dans le petit restaurant où elle travaille comme serveuse un homme d'affaires de la ville. D'autant que Nick Kourakis lui fait une révélation inattendue : elle est l'héritière d'un milliardaire ! Bientôt, la jeune femme accepte de l'accompagner à New York, où elle découvre un monde de luxe bien différent du sien. Au risque de perdre ses repères et la raison auprès de Nick…

Zakaria, un cheikh maudit,
d'Elisa Marshall - N°4353

SÉRIE : *L'HÉRITAGE DES SABLES* - 3/3

La solitude est sa malédiction. Parce qu'il a été banni du royaume de Zmelâa à la naissance, Zakaria Miralez s'est construit à la dure, dans un sinistre bidonville du Venezuela. Aussi, le jour où une ambassadrice de son pays d'origine se présente chez lui pour lui révéler qu'il est prince, la rejette-t-il avec colère. Pourtant, à force de détermination, l'audacieuse Feriel le convainc de la suivre au palais, où l'attend la famille royale dont il n'a que faire. Mais, avant de partir, Zakaria s'en fait la promesse : jamais il ne cédera au lustre d'une existence qui n'est pas la sienne – même pour la plus belle femme du désert...

La fureur d'un play-boy,
de Chantelle Shaw - N°4354

Pour la presse à scandale, il est le célibataire le plus sexy d'Espagne. Un play-boy, une légende sportive. Mais, pour Betsy, Carlos Segarra est l'homme qui l'a séduite deux ans plus tôt, avant de l'abandonner sans un mot. Surtout, il est le père de son fils ! Alors qu'elle pensait ne jamais le revoir après leur unique nuit d'amour, le voici chez elle, plus arrogant que jamais. Carlos vient en effet de découvrir le secret de Betsy, et c'est avec fureur qu'il lui demande des comptes !

Fascinée par un séducteur,
de Sharon Kendrick - N°4355

Depuis que le célèbre Alek Sarantos est arrivé dans l'hôtel de luxe où Ellie travaille, toutes les équipes sont en ébullition, et chacun s'efforce de satisfaire au mieux les caprices du milliardaire. Mais Ellie, elle, tâche surtout d'ignorer sa beauté foudroyante et ses regards brûlants de désir. Pourtant, lorsque Alex lui donne un fougueux – et merveilleux – baiser, elle ne peut résister et se laisse aller entre ses bras. C'est alors que sa vie bascule : elle perd son emploi, les paparazzis se lancent à ses trousses, et le beau Grec, persuadé qu'elle a averti les médias, est fou de rage...

OFFRE DÉCOUVERTE !

Vous souhaitez découvrir nos collections ? Recevez **votre 1er colis gratuit*** **ave** **1 cadeau surprise !** Une fois votre colis de bienvenue reçu, si vous souhait continuer à recevoir nos livres, cela se fera automatiquement. Vous recevrez alo vos livres inédits** en avant-première.

Vous n'avez aucune obligation d'achat et cette offre est sans engagement de durée

*1 livre offert + 1 cadeau / 2 livres offerts pour la collection Azur + 1 cadeau.
**Les livres Ispahan, Sagas, Gentlemen et Hors-Série sont des réédités.

☛ COCHEZ la collection choisie et renvoyez cette page au
Service Lectrices Harlequin – CS 20008 – 59718 Lille Cedex 9 – France

Collections	Références	Prix colis*
❑ **AZUR**	Z1ZFA6	6 livres par mois 29,39€
❑ **BLANCHE**	B1ZFA3	3 livres par mois 24,15€
❑ **LES HISTORIQUES**	H1ZFA2	2 livres par mois 16,89€
❑ **ISPAHAN**	Y1ZFA3	3 livres tous les 2 mois 23,85€
❑ **PASSIONS**	R1ZFA3	3 livres par mois 25,59€
❑ **SAGAS**	N1ZFA3	3 livres tous les 2 mois 28,26€
❑ **BLACK ROSE**	I1ZFA3	3 livres par mois 25,59€
❑ **VICTORIA**	V1ZFA3	3 livres tous les 2 mois 26,19€
❑ **GENTLEMEN**	G1ZFA2	2 livres tous les 2 mois 17,35€
❑ **HARMONY**	O1DFA3	3 livres tous les mois 20,16€
❑ **ALIÉNOR**	A1ZFA2	2 livres tous les 2 mois 17,35€
❑ **HORS-SÉRIE**	C1ZFA2	2 livres tous les 2 mois 17,85€

N° d'abonnée Harlequin (si vous en avez un) |_|_|_|_|_|_|_|_|_|

Mme ❑ Mlle ❑ Nom : ____________________

Prénom : ____________________ Adresse : ____________________

____

Code Postal : |_|_|_|_|_| Ville : ____________________

Pays : ____________________ Tél. : |_|_|_|_|_|_|_|_|_|_|

E-mail : ____________________

Date de naissance : ____________________

Date limite : 31 décembre 2021. Vous recevrez votre colis environ 20 jours après réception de ce bon. Offre soumise à acceptation et réservée aux personnes majeures, résidant en France métropolitaine, dans la limite des stocks disponibles. Prix susceptibles de modification en cours d'année. Vous pouvez demander à accéder à vos données personnelles, à les rectifier ou à les effacer. Il vous suffit de nous écrire en nous indiquant vos nom, prénom et adresse à : Service Lectrices Harlequin CS 20008 59718 LILLE Cedex 9. Service Lectrices disponible du lundi au vendredi de 9h à 17h : 01 45 82 47 47.